御曹司アルファは契約婚をお望みです

神香うらら

23844

角川ルビー文庫

目次

口絵・本文イラスト／渋江ヨフネ

1

アメリカ合衆国東部、ニューヨーク州ヘブンズブリッジ。

アディロンダック山地の深い森に囲まれた小さな町は、ようやく遅い春を迎えようとしていた。

森の遊歩道を歩きながら、早朝の澄んだ空気を胸いっぱいに吸い込む。丸太橋の上で立ち止まり、鷹取千歳は小川を見下ろした。

世界一の大都市、ニューヨークの中枢マンハッタンから車で約二時間しか離れていないのに、この町は世間から忘れられたようにひっそりと静まり返っている。聞こえてくるのは小川のせせらぎと鳥の囀り、木の葉を揺らす風の音だけ。

よほど天気が悪いとき以外、千歳は毎朝森を散策することにしている。夜露に濡れた草木や土の湿った匂いは新しい一日を始めるための前向きな気持ちをもたらしてくれるし、広大な森の中に佇んでいると自分がいかにちっぽけな存在か実感できて、自分の悩みなど取るに足らないものに思えてくるからだ。

「おはようございます」

「おはよう、今日もいい一日を」

顔見知りの老婦人と挨拶を交わし、腕時計に目をやる。そろそろ家に帰って、出勤の準備をしなくては。

顔を上げて「今日も一日頑張（がんば）ろう」と呟（つぶや）き、千歳はくるりと踵（きびす）を返した。

この世界には、男女の性別の他（ほか）に三つの性がある。

ヒエラルキーの頂点に君臨するアルファ、中間層のベータ、そして最下層のオメガ。

アルファは男女ともに妊娠（にんしん）させることができる性だ。知能や身体能力に恵（めぐ）まれたエリートで、政財界をはじめ、学問や芸術、スポーツなど幅広（はばひろ）い分野でめざましい活躍（かつやく）を見せている。

ベータは一般（いっぱん）的な人間で最も数が多く、人口のおよそ九十五パーセントを占（し）めている。

最下層のオメガは人口の約一パーセントという希少な性で、男女ともに妊娠可能。容姿端麗（たんれい）な者が多いが、オメガ特有の発情期（ヒート）のせいで長い間差別を受けてきた。

オメガのヒートは厄介（やっかい）だ。三ヶ月に一度、強いフェロモンを発してアルファ——ときにはベータも誘（さそ）う。本人の意思ではどうにもならない現象で、いったんヒートが始まると外出さえままならない状態が一週間続き、学業や就業に多大なハンデを背負うことになる。

最初のヒート抑制剤（よくせいざい）が完成したのは今から五十年前のこと。改良を重ねてこの二十年でより精度の高い薬が出回るようになり、ようやくオメガも人並みの生活を送ることができるようになった。加えてアルファを産むことができるのはオメガだけという特性もあり、近年は希少なオメガを保護するための法律や制度の整備が進んでいる。

（けどまあ、現にこうして社会に居場所のないオメガが大勢いるわけだけど）

職場の駐車場に車を停めて、千歳は雲間から差し込む日差しに目を細めた。

ミルドレッド記念財団〈ブンズブリッジハウス〉は、身寄りのないオメガのための保護施設だ。オメガの権利向上のために闘った人権活動家の名を冠した財団によって運営され、グループホームの運営をメインに、教育や就職、縁組みの支援も行っている。

入居者は現在三十七人、十三歳から二十六歳まで、全員が女性だ。思春期以降にオメガであることが判明して一般の児童養護施設から移ってくるケースがいちばん多く、家出して路上生活をしているところを保護されたり、虐待の通報を受けて保護されたり、ホームの入居者は皆それぞれ事情を抱えている。

支援スタッフとして働いている千歳も、実はこのホームの出身だ。

十五歳のときにオメガと判明して以来、千歳は家に居場所がなくなった。

アルファの父はカリフォルニア州で名を知られた敏腕弁護士だ。ロサンゼルスの日系コミュニティの有力者でもあり、とにかくエリート志向が強い。オメガの母は古い価値観に囚われた人で、妻は夫の顔を立てて従順であるべきだと固く信じている。

兄がふたりと姉がひとり、三人ともアルファで、きょうだいの中でオメガは千歳だけ。

千歳がオメガだとわかったとたん、両親は見合い相手を探し始めた。大学に進学したいと訴えても一笑に付され……。

『大学に行くなんて無駄だ。少しでも若いうちに結婚して子供をたくさん産んでおけ。勉強したければ、子育てが終わってからにするんだな』

十七歳のときに騙し討ちのような形でハワイのリゾート会社の御曹司と見合いをさせられ、千歳の意思などお構いなしに結婚話が進んでいった。

兄と姉は一流大学に行って輝かしいエリート街道を歩んでいるのに、自分は高校卒業と同時に結婚するという選択肢しか与えられなかった。

見合い相手がまともな人物だったら、言われるままに結婚していたかもしれない。それくらい、当時の自分は両親に楯突くことに疲れ果てていた。

しかし御曹司は傲慢で威張りくさった鼻持ちならないアルファで、彼と結婚するくらいなら家を出ようと決意することができた。

ここにたどり着いたときのことは、今でもよく覚えている。ニューヨークで長距離バスから降りたとたんにバッグを引ったくられ、通りかかったパトカーに助けを求め、警察から連絡を受けたヘブンズブリッジハウスの職員が車で迎えに来てくれて——。

心細くてたまらなかったけど、父親の支配を逃れて当面の宿にありつけたことには心底安堵した。

両親には、気持ちの整理をつけてから三日後に連絡した。婚約者とは結婚できないこと、自分がオメガであることをまだ受け入れられず、考える時間が必要なこと。

『好きにしろ。だが、帰る家はないと思え』

父の冷ややかな声が耳に甦り、千歳は目を伏せた。

ヘブンズブリッジの高校に転入し、奨学金を得て地元のコミュニティカレッジ――公立の二年制大学に進学。卒業後、ヘブンズブリッジハウスの正職員として採用され、主に教育支援と縁組み支援業務に携わっている。

いずれは四年制大学に編入し、教員免許を取りたいと考えているのだが……。

（僕はちょっと、外の世界に出ることをためらいすぎてるのかも）

十七歳からグループホームで暮らし、コミュニティカレッジもホームから車で三十分の学校を選んだ。就職して念願のひとり暮らしを始めたものの、ヘブンズブリッジから出ることは滅多にない。

四年制大学に進学するとなれば、この町を離れることになる。コミカレでの成績はオールAだったし、学費もマイノリティ優遇制度が適用されるのでその点は心配ないが、町を離れることに不安があって進学を先延ばしにしている状態だ。

通用口の虹彩認証システムの前に立ち、ドアロックを解除する。廊下の奥にある事務室に足を踏み入れ、まずは空気を入れ換えようと窓を開けた。

「おはよう」

ヒールの音を高らかに響かせながら、経理担当職員のグレッチェンが颯爽と現れる。

「おはよう、週末の旅行は楽しめた？」

千歳の質問に、グレッチェンが顔をしかめた。

「最悪。ネットで見たときは素敵なホテルだと思ったけど、実際行ってみたらかなり老朽化してさ。シャワーのお湯の出が悪い、Wi-Fi激遅、食事もいまいち」

「そうなんだ」

「やっぱり宿泊費をケチるとだめだね。向かいに新しくて綺麗なホテルがあったから、余計に惨めな気分になっちゃった」

「次はいいホテルに当たるといいね」

無難な慰め言葉を口にして、千歳はデスクのパソコンを起動した。

グレッチェンは千歳より少し年上のベータで、数ヶ月前に採用されたばかりの新人だ。隣町の製材所に勤務するベータ男性と交際中で、今回の旅行も彼と一緒だと聞いている。

「おはよう」

「おはようございます」

就職支援担当のキャシー、グループホームの生活担当のブレンダとも挨拶を交わす。

施設長のノーマ・スワンソンを含めたこの五人が、ヘブンズブリッジハウスの正職員だ。あとは非常勤のカウンセラーと調理や清掃のパートタイマー、地元のボランティア団体の協力によって成り立っている。

この施設は女性専用というわけではない。しかし男性オメガは極めて希少なので、三十余年の歴史を持つホームで男性オメガの入居は千歳を含めて三人だけだと聞いている。

男性オメガはその希少性ゆえに〝三毛猫のオス〟と称され、高値で売買されていた時代もあったという。もちろん今では人身売買は固く禁じられているが、珍しいということはつまり奇異の目で見られるということで、女性オメガ以上に生きづらいと言っていいだろう。

千歳がオメガであることを隠し、ベータと偽っているのも、余計な注目を集めたくないからだ。

幸いなことにグループホームは出入りが激しく、千歳が住んでいたときのメンバーは残っていない。千歳がオメガであることを知っているのは施設長とブレンダだけで、正職員になってからの四年間、秘密はしっかり守られている。

パソコンのモニターに向き合い、千歳はメールソフトを開いた。

受信フォルダの中身は、ほとんどが縁組み支援プログラムへの問い合わせ及び申し込みだ。

まずは問い合わせメールに返信を打つ。興味本位の冷やかしには紋切り型の定型文をコピーアンドペースト、それが終わったら申し込みフォームに不備がないかチェックする。

（まったく、要項を読んでない人が多すぎる）

対象者はアルファ限定なのに、ベータからの申し込みが絶えないのはどうしたものか。

第二の性の特質上、オメガはアルファと結婚するのが望ましいというのがヘブンズブリッジハウスの見解だ。かつてはベータも受け入れていたらしいが、結婚生活が破綻するケースが続出し、受け入れをストップしたという。もちろん今もベータと結婚するオメガはいるし、上手くいっているケースも皆無ではないが。

ファイルを開いて、条件を満たしている申し込み希望者をリストに加えていく。

最後のひとりをリストに入力しようとしたところで、千歳ははたと手を止めた。

——レスター・ダットン、三十一歳。ダットン投資銀行M&Aアドバイザリー部ヴァイス・プレジデント。

アメリカ有数の名家として知られているダットン家の御曹司と同姓同名だが、まさかの本人だろうか。

アルファは医者や弁護士、会社経営者など社会的地位が高い富裕層が多いので、千歳もいちいち驚いたりしない。先日も、テキサスに油田を持つ富豪の縁談をまとめたばかりだ。

だが、ダットン家はこれまで千歳が目にしてきたセレブとは格が違う。十九世紀に海運業で財を成し、不動産業や金融業など多岐にわたる事業を手がけ、著名な政治家を輩出している華麗な一族は、王室のないアメリカでロイヤルファミリーに喩えられるほどで……。

眉根を寄せつつインターネットブラウザを開き、レスター・ダットンを検索する。年齢と勤務先が合致したので、これは本人と見てよさそうだ。

(あのダットン家の御曹司なら、名家のオメガとの縁談がいくらでもありそうなのに)

怪訝に思いつつ情報を入力し、パソコンをスリープにして席を立つ。事務室の隣、施設長の個人オフィスの扉をノックすると、「どうぞ」という声が返ってきた。

「失礼します。縁組み支援プログラムの申し込み希望者のことでちょっと……報告しておいたほうがいいかと思いまして」

「何？」

マグカップをデスクに置いて、ノーマが視線を上げる。

「レスター・ダットン氏から申し込みのメールが来ていたんです。何かの間違いかと思ったんですが、勤務先や年齢を見るとご本人のようで」

ノーマも驚いたように目を丸くし、「あら、本当に申し込んできたんだ」と呟いた。

「先月チャリティパーティに出席したとき、ダットン上院議員にお会いしたのよ。甥御さんの結婚相手がなかなか見つからないとおっしゃってたから、うちの縁組み支援プログラムを紹介して名刺を渡したの。ダットン家の御曹司が保護施設の縁組み支援に申し込むとは思えなかったけど、話の流れでね」

「じゃあ本当に本気の申し込みなんですね？　施設の視察とかではなく？」

「本人の思惑まではわからないけど、こちらとしては縁組み希望者として迎えましょう。ダットン家の御曹司だからといって特別扱いする必要はないからね」

「わかりました。けどあの、僕が担当して大丈夫ですか？　上院議員は施設長の対応を期待してらっしゃるかも」

ノーマが顔をしかめ、ひらひらと手を振った。

「そうやって特別扱いするとキリがないから。不満ならよそへ行けばいいのよ」

「ではさっそく面談のスケジュールを組みます。失礼します」

オフィスを出ようとしたところで、「千歳」と呼び止められる。

「はい」

「あなたは礼儀正しくて気配りのできる優秀なコーディネーターなんだから、自信を持ってちょうだい。ダットン家の名前に萎縮せず、いつも通り平常心で」

ノーマの言葉に、千歳は笑顔でこくりと頷いた。


「ただいま」

ドアを開けて、誰もいない部屋に向かってぼそっと呟く。

千歳が住むアパートはヘブンズブリッジハウスから車で約五分、自転車で通えない距離ではないのだが、帰りが遅くなることもあるので安全のため自動車通勤をしている。アパートも、セキュリティを最重視で選んだ。

施設を出てひとり暮らしをしたいと申し出たとき、ノーマは反対こそしなかったものの、諸手を挙げて賛成というわけでもなかった。入居者が施設を出るのは八割が結婚、残りは実家に帰るか別の保護施設に移るかで、独立は極めて稀なので心配だったのだろう。

保護施設の一室を職員寮として使っていいと言ってくれたのだが、丁重に辞退した。

いつまでも守られているわけにはいかない。この世界で生きていくために、自分で自分を守れるようにならなくては。

バスルームで手を洗い、千歳は鏡に映った自分の顔を見つめた。

白くなめらかな肌、切れ長の黒い瞳と艶やかな黒髪。母にそっくりの顔は清楚な美人と褒められることが多いが、いかにもオメガらしい容貌だと言われているようで素直に喜べない。

身長は百七十三センチ、決して小柄ではないものの、骨格が華奢で細身なのでどうにも迫力不足だ。オメガの特質なのか元々の体質なのか体毛もなく、スーツ姿のときはともかく私服だと女性に間違われることも多い。

目立つのが嫌で野暮ったい黒縁眼鏡で顔を隠していたこともあるが、陰気な風貌がかえって悪目立ちしたのか、質の悪い男たちに絡まれることが増えてしまい……。

『顔を上げて、背筋を伸ばして堂々と歩きなさい。卑屈な態度は禁物よ。ああいう連中は心が弱ってる人を嗅ぎ分けて近づいてくるの。毅然として、何を言われても無視しなさい』

ノーマの言葉は正しかった。この出来事がきっかけで、自分の容貌と折り合いを付けることができるようになったと思う。

ノーマもオメガで、五十代半ばの彼女は今よりもっとオメガへの偏見が強い時代を生きてきた。二十歳で結婚して三人の子を産み育て、子育てが一段落してから一念発起して大学へ。社会福祉学の学位を取り、ミルドレッド記念財団でコーディネーターとしてキャリアを積み重ね、女性オメガとして初めて施設長に就任。

肩書きだけではなく実際に指導力に長けており、職員や入居者からの信頼も厚く、千歳も何度彼女の言葉に救われたことか。

あのダットン家の御曹司の縁組み担当なんて荷が重すぎて早くも憂鬱な気分だが、ノーマが言ったように気負わずいつも通りやればいいのだ。

（この縁談をまとめることができたら、自信になると思うし）

自信こそが、今の自分に足りないものだと思う。

この町を出て大学に編入し、教員免許を取るために勉強する。頭の中で何度もシミュレーションしているのに一歩踏み出せずにいるのは、上手くやっていけるか不安で仕方ないからだ。

「大丈夫、僕は上手くやれる」

声に出して自分に言い聞かせ、千歳は大きく息を吐いた。

2

五月半ばの月曜日。

ヘブンズブリッジホテルの会議室の窓辺に立って、千歳はメインストリートを見下ろした。

メインストリートと言っても、小さな町なのでささやかなものだ。向かいに銀行、その両隣に書店、理髪店、ダイナー、ブティック――平日午後三時の通りは閑散としている。

縁組み支援プログラム申し込み者三人と個別面談をこなし、残るはあとひとり、ダットン家の御曹司のみ。

（まったく、遅れるなら連絡してくれたらいいのに）

壁の時計を見やり、ため息をつく。先ほど電話してみたのだが、電波が入らないところにいるのか繋がらなかった。

（あと十五分待って来なかったら、キャンセルと見なしていいよね）

親に言われて渋々申し込んだものの、気が変わったのだろう。あるいは、面談のことなどすっかり忘れて仕事に没頭しているとか。

ぼんやり窓の外を眺めているのも時間の無駄なので、ノートパソコンを開いて面談の記録を入力していく。

今日会ったうちのひとりは、アルファにしては物腰が柔らかく穏やかな印象だった。彼なら内気で臆病なタイプとも上手くやっていけるのではないか、などと考えつつ。

アルファとの面談やお見合いパーティは、いつもこのホテルで行うことになっている。

ヘブンズブリッジハウスにも会議室やパーティのできる食堂があるのだが、自分たちが住んでいる場所に見ず知らずのアルファが大勢やってくるというのは、オメガにとって多大なストレスになるからだ。

千歳が施設に住んでいた当時はヘブンズブリッジハウスで面談を行っていたので、アルファが来る日は部屋に閉じこもっていた。ストレスを感じていたのは千歳だけではない。緊張と恐怖で体調を崩すオメガもいたので、施設内にアルファを招き入れないでほしいと直談判し、以来特別なことがない限りアルファは施設に出入り禁止となった。

実を言うと、今もアルファとふたりきりになるのは少し怖い。

けれど最新の精度の高いヒート抑制剤を服用しているし、二十四歳の今まで発情したことがないせいか、オメガだと見破られたことはない。

オメガの中には、ごく稀に一生涯発情を経験しない者もいるという。

(僕もそうだったらいいのに)

オメガにとってヒートは厄介な重荷だ。自分の意思と関係なく体が勝手に発情するなんて、考えただけでぞっとする。長年オメガゆえの苦しみや葛藤を間近で見てきたので、千歳はすっかりヒート恐怖症になってしまった。

幸いなことに、今のところヒートの兆候が現れたことは一度もない。親が決めた婚約者に迫られたときも、ただ怖くて不快なだけで、欲望など微塵も感じなかった。

恋をした経験もなく、おそらく恋愛と無縁な一生を送るのだろうと感じている。

それが悲しいとか辛いとか思ったことはない。恋愛に煩わされたり振りまわされたりすることなく、心穏やかに暮らすのが千歳の理想だ。

子供は好きだが、教育を通じて子供たちと関わることができたらそれで充分。ふたりの兄が結婚してそれぞれ子供がいるので、跡継ぎの心配も無用だ。

（よし、十五分経った。帰ろう）

ノートパソコンをたたんで立ち上がったそのとき、ノックの音と同時に会議室のドアが勢いよく開いた。

「――!!」

長身でがっちりと逞しい体つきの男性と、正面から視線がぶつかる。

きっちり撫でつけた黒髪、険しい顔立ち、ひと目で高級店のオーダーメイドだとわかるダークグレーのスーツ――男のすべてが威圧的で恐ろしげな印象だったが、何よりその灰色の瞳が千歳の体を凍りつかせた。

極寒の冬空のような色だ。感情の見えない、ガラスのような双眸。

「遅れてすまない」

まったく悪びれていない態度で、男が尊大に言い放つ。

胸にどしんと響いたその声に、千歳ははっと我に返った。

「……ええと……レスター・ダットンさんですね」

「ああ、縁組み支援プログラムの面談に来た」

言いながら、レスターがゆっくりと歩み寄ってきた。

わずかに空気が動いただけなのに、突風に煽られたような圧を感じてよろめいてしまう。

アルファは見た目も醸し出す雰囲気も強烈な男性が多いが、レスターは強烈という一言では済まない何かを漂わせていた。

（なんだろう……これがアルファのフェロモン？）

いや、それはない。ヒート抑制剤によって、千歳の体はアルファのフェロモンを完全に遮断している。フェロモンでなければ、毒気のようなものだろうか。

レスターは遅刻の理由も電話しなかった理由も口にしなかった。言い訳する必要など微塵も感じていないのだろう。

気持ちを落ち着かせようと、小さく息を吐く。ぎこちない笑みを作り、千歳は「どうぞお掛けください」とテーブルを挟んだ向かいの席を指し示した。

「本日はご足労いただきありがとうございます。縁組み支援担当の鷹取です。まずは縁組みプログラムについて説明させていただきますね」

お決まりのセリフを口にし、声が上擦っていないことに安堵する。さっきは急に現れたレスターに驚いて動揺してしまったが、もう大丈夫だ。

「申し込みの際に同意事項に目を通していただいたかと思いますが、本プログラムはパートナ

ーの斡旋ではなく、あくまでも出会いの場の提供です。ご存じのように、オメガはどうしても立場が弱くなりがちです。特に保護施設の入居者は様々な事情を抱えておりますので、ご配慮いただきますよう重ねてお願い申し上げます」

「まどろっこしい言い方だな。要するに立場を利用して無理強いするなってことだろう？」

面倒くさそうに遮られ、千歳はぴくっと頬を引きつらせた。

アルファの傲慢な態度には慣れている。もっと感じの悪い人も散々見てきたので、これくらいでは驚かない。

「そういうことです。オメガの意思を無視して暴走する方がときどきいらっしゃいますので。申し込み要項にも書いてありますが、オメガと会う際は必ずフェロモン遮断剤の服用をお願いします」

これは重要事項なので、しつこいと言われても必ず釘を刺すことにしている。

オメガ側はヒート抑制剤で発情を抑えアルファからのフェロモンを遮断し、アルファ側は遮断剤でオメガのフェロモンを感知しないようコントロールする。一般社会でも常識とされており、昔に比べて〝間違い〟が起きるケースは激減したが、ナンパ目的のアルファが敢えて薬を服用せずにオメガの周囲をうろつくこともあり、施設では用心に用心を重ねているのだ。

「アルファとオメガ。ただでさえいろいろ面倒な組み合わせなのに、結婚の世話をしようとすればトラブルは付きものだろうな」

まるで人ごとのような言い方だ。どう返すべきか迷い、結局聞こえなかったふりをすることにした。

「どのような相手をお望みか把握するため、いくつか質問させていただきます。まずは年齢から……」

「好みのタイプは特にない。これまでにも親戚や知人の紹介でうんざりするほどオメガと引き合わされてきたが、ピンとくる相手はひとりもいなかった」

またしても遮られ、心の中で盛大なため息を漏らす。

「そうですか。まだ運命の相手に出会えていないということですね」

千歳の返答を、レスターがふんと鼻で笑った。

「運命の相手？　俺は番とかいうお伽話は信じてない」

何度も耳にしたセリフだし、実は千歳自身も懐疑的な立場だ。

傲岸不遜なアルファの相手は慣れているはずなのに、なぜこうもレスターの態度に苛々させられるのだろう。先ほどから頭痛や悪寒、風邪の初期症状が現れ始めているせいだろうか。

「当プログラムにお申し込みいただいた目的を伺ってもよろしいですか？」

苛立ちを表に出さないよう、慎重に尋ねる。

レスターが椅子の背にもたれ、口元に笑みを浮かべながら長い脚を組んだ。

「正直に言う。俺には結婚願望はまったくないが、独身でいるとアプローチが多すぎて生活に支障が出る。だから恋愛云々ではなく契約関係として結婚しておきたい。最適な契約相手を探しているがなかなか見つからなくて、こんな辺鄙な施設まで来たってわけだ」

「つまり……夫婦生活の実態のない偽装結婚ということでしょうか？」

「そうは言ってない。わざわざ結婚するんだからセックスも込みのほうがお互い都合がいいだろう。子供が欲しければ産んでも構わない」

身勝手な言い草に不快感が表情に出てしまいそうになるが、ぐっと堪えて千歳は灰色の瞳を見据えた。

「過去にも、あなたがおっしゃったような契約結婚を望まれるケースがありました。結婚の目的は人それぞれですから口出しはしません。ただ、当施設としてはオメガに幸福な人生を歩んで欲しいと願っています。オメガ自身があなたの意思を了承の上結婚するのであれば問題ありません。今のお話、どうか隠さず相手に伝えてください」

「俺も騙そうとは思ってない。ロマンティックな関係を期待されるのは面倒だから、最初に包み隠さず話すつもりだ」

「わかりました。ではあなたのご希望をお聞きしましょう」

レスターが身を乗り出し、千歳の目を覗き込む。

じっと見つめられ、背中にぞくりとするような寒気が這い上がってきた。

これは確実に風邪を引いてしまったようだ。今日は定時で上がって、冷凍しておいたチキンスープを飲んで早めに就寝しなくては……。

「きみはリストに載ってるのか？」

「……ええっ!?」

不意打ちの質問に、思わず素に戻って素っ頓狂な声が出てしまった。

急いで仕事モードの仮面を被り直し、「いえ、僕は職員ですし、そもそもベータですので」と告げる。

レスターは「そうか」とだけ言って目を眇めた。

「年齢が近いほうがいい。あまり離れてると話が合わん。見合い候補の最年長は？」

「二十六歳です」

「じゃあまずその女性が第一候補だ。年齢の高い順に会ってみるが、二十二歳以下は除外してくれ。大学生の年齢層は子供っぽくて無理だ」

「承知しました。年齢順にセッティングしましょう」

できるだけ若いオメガを所望するアルファが多いので、その点レスターの申し出はありがたい。第一候補のオメガは結婚にロマンティックな夢を描いているタイプなので、契約結婚だと言ったら辞退しそうだが。

「今週の土曜日にこのホテルで一対一の対話の場を設けます。一度にご紹介できるのはふたりまで。初回は三十分程度お話ししていただいて、お互い気に入ったら次の段階へ進みます」

「十分もあれば充分だ」

話は終わりだと言わんばかりに、レスターが立ち上がった。

「お時間をいただきありがとうございました。詳細は後ほどメールします」

千歳も立ち上がり、くらりと目眩を感じてよろめいた。

ますます体調が悪化している。これはもう、施設に戻らず早退したほうがいいかもしれない。

「きみの名刺をもらっていいかな」

「あ、はい。失礼いたしました」

いつもは面談前に真っ先に手渡すのに、うっかり忘れていた。慌てて名刺入れから一枚抜き取り、日本風に両手で差し出す。

「これはなんて読むんだ？　チトース？」

「チトセです。発音しにくいので以前は英語名を使っていたんですが、こっちのほうが好きなので」

本名はエリック・チトセ・タカトリ、千歳はミドルネームだ。家を出て保護施設に入居して以来、エリックという名前は封印している。

「チ、ト、セ。チ、トセ」

レスターが何度か繰り返し、名刺をスーツの内ポケットに突っ込む。

「俺の名刺も渡しておこう」

差し出された名刺を、千歳は一瞬ためらってから受け取った。

勤務先も連絡先も把握しているので名刺は必要ないのだが、辞退するのも不自然だ。

会議室から出て行こうとしたレスターが、ふとドアの前で立ち止まって振り返った。

「さっき好みのタイプは特にないと言ったが、強いて言えば匂いだ。オメガのフェロモンが、人によって微妙に匂いが異なるのは知ってるだろう？」

「ええ。ですが当施設のオメガは全員ヒート抑制剤を服用しておりますので、匂いの確認は難しいかと」

レスターが「ま、そうだろうな」と肩をすくめる。

「抑制剤を飲んでいても、体臭からある程度はわかる。五分も一緒にいれば、そそられる匂いかそうでないか判別できる」

「…………」

愛想笑いをする気力はもう残っていなかった。内心の感情通りのしかめ面でレスターを見送り、ドアが閉まったとたんにどさりと椅子に腰を下ろす。

（まったく、どうしてアルファって揃いも揃って感じ悪いの？）

アルファの資質ゆえ、尊大で傲慢な輩が多いのは承知の上だが、それにしてもレスターは感じが悪かった。

いや、感じが悪いというのはちょっと違う。レスター以上に嫌な感じのアルファはこれまで大勢見てきたが、アルファとはそういうものだと冷めた眼差しでやり過ごすことができていた。

レスターの言動は、なぜかいちいち千歳の神経を逆撫でする。何がどう気に障るのかわからないが、よっぽど相性が悪いらしい。

もらった名刺をテーブルに置き、眉根を寄せる。

オメガがアルファの匂いのついたものを身の回りに置くのは危険だ。無意識にアルファの匂いのするものを集め、巣作りと呼ばれる妊娠の準備行動をするケースがあるのだ。

自分はヒート抑制剤を服用しているのでその心配はないが、体調が悪いせいかレスターの名刺や耳に残る声音、わずかな残り香にまで気が立っているのがわかる。

水を飲んで呼吸を整えてから、千歳はのろのろと帰り支度をした。名刺を会議室のゴミ箱に捨てようとし、すんでのところで思いとどまる。

あのダットン家の御曹司の名刺を、ホテルのゴミ箱に無造作に捨てるのはまずい。

（うちに帰ってから厳重に包んで捨てよう）

熱っぽく気怠い体を叱咤し、千歳はレスターの残像から逃げるように会議室をあとにした。

3

土曜日の昼下がり、ヘブンズブリッジホテルのバンケットルームで、恒例のアルファとオメガの対面会が始まろうとしていた。

今日の参加者はアルファが十名、オメガが七名。初対面の段階ではアルファとオメガが密室でふたりきりにならないよう、パーティションで区切ったブースで話をしてもらう。三十分間の対面が終わると、席を移動してふたり目と対面。

開始時間まであと五分になり、千歳はぐるりと会場を見まわした。

着飾ったオメガ女性たちが、そわそわした様子でメイクを直したり髪を手櫛で整えたりしている。その中のひとり、最年長のハンナが今にも泣き出しそうな表情でこちらを見ていた。

「ハンナ、緊張してる？」

近づいてそっと声をかけると、ハンナがこくこくと頷く。

「やっぱり私には無理。あのダットン家の御曹司と顔を合わせるなんて」

ハンナは繊細で引っ込み思案な性格で、現実の男性と交際するよりロマンス小説の世界に浸っているほうが好きなタイプだ。金髪碧眼の正統派美人でアルファからの人気も高いのだが、自己アピールが苦手なため、なかなかデートまで進むことができずにいる。

「無理して会わなくていいんだよ。今日はやめとく？」

ハンナと二番目の年長者オーブリーには、レスターが契約結婚を望んでいることを伝えてある。今年中に結婚したいと常々口にしているオーブリーは「別に構わない。アルファとオメガの結婚ってだいたいそういうものだし」と肩をすくめただけだったが、ハンナのほうはあまり気が進まない様子だった。

隣でスマホを弄っていたオーブリーが顔を上げ、ハンナを見やる。

「私としてはライバルが減ってくれたほうがありがたいけど、会うだけ会ってみたら？　あなたが好きなロマンス小説にも、契約結婚が本当の愛に変わるお話があるでしょ？」

オーブリーは面倒見のいい姉御肌タイプで、ハンナのいちばんの理解者だ。オーブリーと千歳の顔を交互に見つめ、ハンナがおずおずと口を開く。

「ねえ、オーブリーと一緒じゃだめかな？」

「え？　そうだね……ダットン氏がＯＫなら、三人で話すのもいいかもね」

言いながら、千歳は腕時計に目を落とした。そろそろ時間だ。

「みんな、準備はいい？」

オメガたちに声をかけると、ハンナ以外のメンバーから「いいよ！」と元気な声が返ってきた。

控え室にはレスター以外のアルファが全員揃っていた。どうやらレスターは今日も遅刻らしい。あるいは欠席か。

バンケットルームをあとにし、隣の控え室へ急ぐ。

「お待たせしました。会場にご案内いたします」

営業用の笑顔を作り、アルファ九名をバンケットルームに誘導する。

医者、弁護士、会社経営者、パイロット――毎度ながらエリートかつ美形揃いの面々だ。アルファはオメガ同様容姿に恵まれているので今更驚いたりはしないが、今日の参加者はいつにも増して華やかに見える。

それでも、レスターほど強烈な印象の男性はいない。イケメンかどうかで言えば、多分甘いマスクのパイロット氏のほうが人気を集めそうだが。

「初めまして、お目にかかれて光栄です」

「こちらこそ、今日はどうぞよろしくお願いします」

それぞれの対面相手とブースに収まったのを見届けてから、千歳はハンナとオーブリーにレスターがまだ来ていないことを小声で告げた。

「了解。遅刻かドタキャン、さすがダットン家の御曹司」

オーブリーの軽口に苦笑しつつ、バンケットルームをあとにする。

この仕事を始めてから、千歳はカップルが成立するかどうかだいたい予想できるようになった。今日は高確率でカップルが成立しそうな気がする。

レスター以外のアルファは若さ重視ということだったので、見合い相手は十八歳から二十二歳。この年齢層のオメガは、早々に結婚が決まって施設を卒業していくパターンが多い。

(アルファってオメガの性格とか趣味とかはどうでもいいんだよね。とにかく見た目と若さで即決って感じ)

父親が「少しでも若いうちに結婚しろ」と口を酸っぱくして言っていた意味が、今ならよくわかる。

オメガは繁殖に特化した性だ。優秀な遺伝子を残すため、アルファは若くて健康で美しい――オメガは皆それぞれに美しいので、好みの容姿のオメガを選ぶ。

ヘブンズブリッジハウスではオメガの性格や個性もよく知った上で選んで欲しいと願い、初回は三十分の対話、互いに気に入ったらデートを数回、結婚の意思が固まり始めたら同居トライアルを推奨している。

成婚率はかなり高く、千歳の体感では第二ステップのデートに進んだ段階でほぼ確定。要するに、アルファとオメガの縁組みは第一印象がすべてなのだ。ひと目見て運命の番だとわかった、と話すアルファも多い。

(単なるひと目惚れって気もするけど)

縁組み支援をしていると、ときどきヒート抑制剤を服用しているのに運命の相手に出会ってヒートが来てしまった――というケースに出くわすことがある。

ロマンティックな話ではなく、たまたま抑制剤が効かなかったか、抑制剤の効果を突破するくらいにホルモンが活性化しただけのことだろう。

廊下に置かれた長椅子で本を読みながら待機していると、涼やかなベルの音とともにエレベーターの扉が開いた。

顔を上げると同時に、眉間に皺を寄せたレスターと目が合ってどきりとする。

「今日は時間ぴったりだと思ったんだが」

悪びれた様子はなく、ホテルの時計が間違っているのではないかとでも言いたげな表情だ。

「ええ、五分遅れは誤差の範囲内ですね。ご案内します」

笑みを作って立ち上がり、千歳は「その前に、ちょっとご相談なんですが」と切り出した。

「今日ご紹介するのはハンナとオーブリーという女性です。ハンナは人見知りが激しくて、これまでのお見合いでもなかなか自分をアピールすることができずにいました。親友のオーブリーと一緒なら少し緊張もほぐれるかと思うのですが、ふたり一緒の対面でも構いませんか？」

慎重に言葉を選びつつ提案する。この程度で機嫌を損ねることはないと思うが、アルファの逆鱗ポイントがいまだによくわからないのだ。

「ああ、問題ない。俺も自己紹介が一回で済む」

レスターの返事にほっとして、千歳はバンケットルームの扉を開けようと手をかけた。

が、ふいに背後から伸びてきた手が扉を押さえる。

「きみも同席してくれ」

「ええっ？」

驚いて振り返ると、灰色の瞳に至近距離から見下ろされた。

「俺は見合い相手を怒らせてしまうことが多いんだ。理由がわかれば対処できるんだが、さっぱりわからない。俺が何か失礼なことを言ったら窘めてくれ」

「ちょっと待ってください、僕はコーディネーターで……っ」

突然の申し出に面食らっているうちに、レスターに「行こう、これ以上待たせるのはよくない」と肩に手をまわされた。

「――!!」

口から飛び出しそうになった心臓を、急いで飲み込む。

大きな手が触れたのは一瞬のことなのに、触れられた場所が火傷したように熱かった。

いったんこの場から離れて気持ちを立て直したいところだが、責任者として対面会の進行を遅らせるわけにはいかない。心の中で何度も深呼吸を繰り返して、千歳はバンケットルームの奥のブースにレスターを案内した。

「ハンナ、オーブリー、こちらはレスター・ダットンさん。ダットンさん、ハンナとオーブリーです」

慌てて立ち上がったハンナとオーブリーが、目をまん丸にしてフリーズする。

これが彼と初めて対面したオメガのごく自然な反応だろう。千歳だけでなく、オメガは皆彼の持つ圧倒的なオーラに気圧されてしばし言葉を失うしかない。

「……初めまして」

「今日はどうぞよろしく……」

数秒後、ようやく言葉を取り戻したハンナとオーブリーに、千歳は「ダットン氏が、ふたり一緒で構わないとおっしゃってくださって」と告げた。

「コーディネーターのタカトリ氏にも同席してもらう。いいかな？」

許可を求めるセリフなのに、反論はいっさい受け付けないと言わんばかりの命令口調だ。

ハンナとオーブリーの顔に「なんで千歳が？」と書いてあったが、ふたりともこくこくと頷いただけだった。

「ええと、まずは軽く自己紹介から始めましょうか」

ハンナとオーブリーの緊張をほぐそうと、笑みを浮かべて切り出す。

隣の席のレスターが、「じゃあ俺から」と言いながら長い脚を組んだ。

「タカトリ氏から聞いているだろうが、俺は結婚にロマンティックな要素は求めていない。俺と結婚した場合、ダットン家の一員として品位ある振る舞いが求められるし、家族の行事や親戚づき合いも避けられない。そういうのに耐えられそうか？」

ハンナとオーブリーが再び固まる。レスターが見合い相手を怒らせてきた理由がよくわかり、千歳は心の中でため息を漏らした。

「自己紹介ですので、まずは趣味や休日の過ごし方などから始めませんか？」

「そういうのは時間の無駄だ。互いの結婚観を述べて、合わないと思ったら次に行ったほうが効率がいい」

「確かにダットン氏の言う通りね。私はパスさせていただくわ。これ以上話しても時間の無駄でしょうし」

わざとらしい作り笑顔で言い放ち、オーブリーが立ち上がってくるりと踵を返す。一拍置いて、ハンナも「ごめんなさい、私も失礼します」と囁いてオーブリーの背中を追った。

「彼女たちは契約結婚だとわかった上で来てたんだよな？　まさか初耳だったとか？」

「事前に伝えてあります」

「じゃあ何が不満だ？」

心底不思議そうに首を傾げているレスターに向き直り、千歳もわざとらしい笑みを作った。

「契約結婚だとしても、お互いに思いやりや気遣いは必要だと思いますよ」

「持って回った言い方だな。つまりどうしろと？」

「いきなりシビアな条件について話したら相手が気を悪くするかも……と想像してみるとか」

レスターがふんと鼻を鳴らし、せせら笑う。

「そういう駆け引きは必要ない。考えてもみろ、結婚してからもずっとそういう気遣いやら思いやりやらが必要な相手とは上手くいくはずがない」

「わかりました。あなたの結婚観には口出ししません。ですが、このままではお相手を見つけるのは難しいと思います」

「だろうな」

レスターの返事に、千歳はぴくりと頬を引きつらせた。

「もしかして、あなたは結婚する意思がないのですか？」

感情を極力抑えて尋ねる。傲慢で身勝手なアルファの相手は慣れているが、冷やかしにつき合うほど暇ではない。

「ないわけじゃない。結婚してもいいと思える相手がいれば結婚してもいいかと思ってる」

これ以上何を言っても無駄だ。笑みを作って、千歳は立ち上がった。

「いいお相手が見つかるといいですね。さて、次回の対面会はどうなさいます？」

「まだ今日の対面会が終わってない。掛けたまえ」

「…………」

渋々椅子に掛け直し、腕時計に目をやる。会場の他のブースも歓談中だし、時間まで大人しく座っていたほうがよさそうだ。

「そう怒るな。趣味は？　休日は何をしてる？」

「ええ？」

唐突な質問に目をぱちくりさせると、レスターが「次回の対面会のための予行演習だ」と言って両手を広げた。

「了解です。では僕を次回の対面相手だと思って、自己紹介をどうぞ」

「訊いたのは俺が先だ」

「施設のオメガは警戒心が強いタイプが多いんです。これはお見合いに限ったことではないんですが、質問にどう答えるのが正解なのか悩んでしまって答えられなくなる子もいます。なので、先にお話ししていただけるとありがたいです」

「なるほど。じゃあ俺から自己紹介をしてみるか。趣味はなんだろうな。仕事以外の時間は走ってるか泳いでるかのどっちかだ。テニスも嫌いじゃないが、他人と話すのが煩わしいときもある。その点ジョギングと水泳はひとりで黙々とできるから」

「いいですね。そうやってご自分のことを話してくださると、対面相手も話しやすくなります」

「評価はいいから、きみの番だ。趣味と休日の過ごし方は？」

「読書、ドラマ鑑賞ですね」

当たり障りのない返答は嘘ではない。が、事実のほんの一部であって、千歳の趣味及び余暇の過ごし方の大半を占めているのは手芸だ。

母の影響で中学生のときに編み物を始め、高校時代にはセーターやカーディガンを自作できるほどの腕前になった。古いジェンダー観に囚われている両親はいい顔をしなかったが。

手芸のいいところは無心になれること。日常の苛立ちや将来への不安、負の感情の悪循環も、編み針や縫い針を動かしているうちにすっと消えていく。その上、作品ができあがると達成感も得られる。

「どんな本を読んでるんだ？」

「だいたいミステリ小説ですね」

これも微妙に事実と異なる。千歳が好きなのはロマンティック・サスペンスだ。ジャンル的には女性向けロマンス小説のカテゴリなので、言えば馬鹿にされるのが目に見えているのでわざわざ口にする必要はないだろう。

「ドラマは？」

「ドラマも犯罪ものが多いです」

好きなのはラブストーリー、ラブコメディ、たまに恋愛要素ありのサスペンス。嘘をつくことに慣れていないので視線が泳いでしまうが、単なる予行演習なので気に病む必要はない。

「ＯＫ、趣味と余暇の過ごし方を話した。だがこれが何の役に立つ？　共通の趣味がないと結婚できないわけでもなかろう」

　レスターの子供じみた言いがかりに、千歳は苦笑した。

「話題は何でもいいんです。お見合いでは双方自分をよく見せようと取り繕ったりしますから、会話の内容はさほど重要ではないと思ってます」

「じゃあ何のための対面会だ？」

　苛々した口調で遮られ、敢えて聖母のような穏やかな笑みを浮かべる。

「コーディネーターをしていて気づいたんですが、話し方や言葉の選び方に人となりが出るものです。対面会は、一緒にいて心地いいかどうかをお互いに観察する場だと思ってます」

　眉根を寄せて千歳の顔を見つめていたレスターが、下唇を突き出した。

「ま、その意見は確かに一理あるな。契約とは言え毎日顔を合わせる相手だし、波長が合うに越したことはない」

「そういうことです。そんなわけで、今日のように相手を一発退場させてしまうのは機会の損失です。わざわざ遠いところから足を運んでいただいているわけですし、無難な会話で構いませんので、お互いに波長が合うか見極めてみるのもよろしいかと」

　千歳の顔をまじまじと見つめ、レスターがふいにくっと笑い出した。

　何かおかしなことを言ってしまっただろうか。戸惑って目を白黒させていると、レスターが

「これは失礼」と唇を引き結ぶ。

「怒らないで欲しいんだが、きみに初めて会ったとき、こんな若造がコーディネーターじゃ期待できないなと思ったんだ。人を見かけで判断してはだめだな。礼儀正しい上に忍耐強くて、冷静な視点も持っている。きみはいくつだ？」

「二十四歳です」

「二十四？　大学を卒業してここに就職を？」

「コミュニティカレッジです。四年制大学に編入したくて、資金を貯めているところです」

口にしてから、後半は余計な情報だったと後悔する。

「大学に行きたいのは、何か目標があるから？」

「ええ、まあ」

形勢を立て直そうと、千歳はビジネス用の笑みを作った。

「いいですね。こんな感じで会話が続くと、相手もリラックスして心を開きやすくなります。さて、そろそろ時間ですので」

立ち上がり、周囲を見まわす。一回目の対面が終わり、二回目に備えてオメガたちが移動を始めていた。

「次回の対面会のスケジュールはメールいたします。では、失礼しますね」

「ああ、今日はどうもありがとう」

バンケットルームをあとにするレスターの背中を見送り、千歳はふっと息を吐いた。

レスターに礼を言われるとは思わず面食らったが、これはいい傾向だ。尊大で傲慢で鼻持ちならない男だけれど、決して聞く耳を持たないわけではないとわかったのだから。

ふたり目の面談が始まり、千歳は音を立てないように隣の控え室に向かった。ドアを開けると、ソファに掛けてスマホを弄っていたハンナとオーブリーが顔を上げる。

「ダットン氏は帰った？」

「帰ったよ。今日の態度を反省してたから、気を取り直してもう一回会ってみる？」

「私はパス。第一印象悪すぎたし、正直に言うとあの灰色の目が怖い」

そう言って肩をすくめ、オーブリーがスマホに視線を戻す。

「ハンナは？」

しばし考えたのち、ハンナは「ちょっと考えさせてもらっていい？」と囁いた。

「もちろん。気が向いたら次の対面会でセッティングするよ」

ハンナが微笑んで軽く頷く。

ふたりは再びスマホに夢中になり、控え室がしんと静まり返る。窓際に歩み寄って外を見やると、ホテルの駐車場から黒いベントレーが出て行くのが見えた。

レスターの車だろうか。高級車の後ろ姿を眺めていると、ふいに背中にぞくりと寒気が這い上がってくる。

（ゆうべ肌寒かったのに薄着してたから、風邪引いちゃったかな）

そういえば頭痛薬を切らしていた。帰りにドラッグストアに寄って頭痛薬とジンジャーエールを買うこと、と頭にメモする。

窓際のソファに倒れ込むようにして座り、千歳は一向に進まない時計の針を見つめてため息をついた。

4

六月に入ると、ヘブンズブリッジのそこかしこで薔薇が見頃になる。

ここヘブンズブリッジホテルの中庭にも、色とりどりの薔薇が華やかに咲き乱れていた。

六月第一日曜日、今日は三ヶ月に一度のお見合いパーティが開かれている。

対面会に三回以上出席したことのあるアルファが対象で、つまり対面会で相手が見つからなかったアルファの救済の場でもある。やたら理想が高かったり厳しい条件を提示したりするアルファが多いので、若いオメガはあまり参加したがらない。

だが、今日はちょっと様子が違う。いつもは参加しない若いオメガたちがこぞって出席しているのは、レスター・ダットンが出席しているからだろう。

（今日こそ相手が見つかってくれるといいんだけど）

二回目の対面会で、レスターはハンナと三番目の年長者と対面。三回目の対面会では二十四歳の二名と対面。

一回目の対面会同様、レスターの要請で千歳も同席することになった。一回目よりはましだったものの、レスターが素っ気なくて開始早々に会話が途切れてしまい、千歳がフォローしてなんとか間を持たせた。

こういった特別扱いが続くと、他の参加者から不満も出てくる。千歳としても、これ以上つき合い切れないというのが本音だ。

ちらりと中庭のガーデンパーティ会場に目を向ける。

今日の参加者はアルファが二十五名、オメガが十三名だ。美男美女がシャンパングラスを手に談笑する姿は壮観だが、中でもレスターはひときわ目立っていた。

他のアルファたちも長身のイケメン揃いなのに、どうしてレスターだけこうも目立つのだろう。服装が派手なわけでもないし、苦虫を噛み潰したような表情で佇んでいるだけなのに。

「ダットン氏は退屈そうね」

施設長のノーマに声をかけられ、千歳は苦笑いで頷いた。

二十二歳以下はお断りだと言っていたが、パーティではそういうわけにもいかない。若くて魅力的なオメガ女性たちに取り囲まれ、「どうにかしてくれ」とでも言いたげにこちらに視線を向けている。

「ダットン氏がどういう相手を望んでいるのかよくわからないんです。本人もはっきりしていないみたいで」

ノーマが肩をすくめ、通りかかったウェイターのトレイからピンチョスをひとつ摘まんだ。

「何が何でも相手を見つけなきゃいけないわけじゃないし、あなたも気負わなくていいのよ。親身になるのもほどほどにね」

「ええ、僕も必死にならないようにセーブしてます」

「オーブリーはちょっと飲み過ぎね。それとなく注意してくるわ」

ノーマが立ち去ってひとりになり、千歳はグラスに残っていたクランベリージュースを飲み干した。

アルコールに弱いわけではないのだが、外では絶対に飲まないことにしている。外にいるときは常に正気でいたいからだ。

千歳が何より恐れているのは、何かのきっかけで発情してしまうこと。服用している抑制剤はかなり精度が高いものの、百パーセント完全というわけではない。アルコールで自分をコントロールできなくなった状態でヒートが起きたりしたら――想像するだけで身の毛がよだつ。

「千歳」

ふいに低い声で名前を呼ばれ、千歳はぎくりとして振り返った。

いつのまに傍に来ていたのか、レスターが険しい表情でこちらを見下ろしている。

「ダットンさん……ええと、どうかなさいました？」

「悪いが帰らせてもらう。これ以上ここにいても時間の無駄だ」

レスターの言葉には驚かなかった。パーティであからさまに退屈そうにするのは参加者や主催者に対して失礼だし、楽しめない人は帰ったほうがお互い幸せだ。

「わかりました。縁組み支援プログラムを継続する場合はメールをください。対面会のセッティングをしますので」

淡々と事務的に返すと、レスターが苦笑いを浮かべた。

「引き留めないのか？　俺は今日のパーティの目玉だろう？」

「無理強いはできませんから」

　にっこりと営業用のスマイルを浮かべてみせる。

　千歳の顔を五秒ほど見つめてから、レスターが軽く両手を上げた。

「OK、確かに大人げない態度だった」

　営業スマイルを引っ込め、千歳は空のグラスをテーブルに置いてレスターに向き直った。

「結婚に気乗りしないのでしたら、無理に相手を探さなくてもいいと思いますよ。以前うちの縁組み支援を利用していたかたも、なかなか理想の相手に出会えず婚活を中断したんです。その後、思いがけない場所で運命の相手に出会ったとおっしゃってました。あなたのお相手も、どこか別の場所にいるのかも」

　穏やかな口調で告げると、レスターが唇の端を持ち上げるようにして笑った。

「〝もう来るな〟の丁寧な言い回しか」

「まさか。我々はいつでも歓迎しますよ。ただ、今日のパーティには縁組み志望のオメガが全員参加してます。今日の出席者の中にもう一度会いたいと思える人がいないのであれば……」

「もう一度会いたいと思える人、か。そういう考え方もあるな」

　レスターが自分の意見に耳を貸すとは思わなかったので少々面食らう。が、この機会を逃すまいと、千歳は言葉を紡いだ。

「僕みたいな第三者から見ると、アルファもオメガも〝運命の番〟という言葉に振りまわされているように感じます。出会った瞬間、運命の相手だと思える人がどこかにいるはずだ、と。

そういう出会いもあるのでしょうが、時間をかけて相手を知っていくうちにこの人こそ伴侶だとわかるケースもあると思うんです」

顎に手を当てて千歳の顔を見下ろしていたレスターが、「確かに」と頷く。

反論されるのではと身構えていた千歳は、少し肩の力を抜いた。

「最初に会った最年長の女性……ハンナだったかな、彼女とはもう一度ゆっくり時間を取って話すのもいいかもしれない」

レスターの言葉に、千歳はぱっと顔を輝かせた。

「ええ、いいと思います。ハンナは人見知りが激しくてなかなか打ち解けることができないんですが、あなたとは今日のパーティも含めて既に三回顔を合わせてますし、ふたりでゆっくり話せるよう機会を設けましょう」

「よろしく」

レスターが笑みを見せ、踵を返してホテルへ向かう。

彼が初めて見せたやわらかな表情に驚いて固まっていると、レスターと入れ替わるようにしてホテルからTシャツにジーンズ姿の若い男がこちらへ向かってきた。

「——!?」

男の顔を見てぎょっとする。

エヴァン・ラスキン——ボストンの資産家の御曹司で、以前縁組み支援プログラムに登録していたアルファだ。

（なんでエヴァンがここに？　イギリスに留学したはずじゃ……）

エヴァンはわがままな自惚れ屋で、気に入ったオメガにはしつこく言い寄り、好みではないオメガに対して暴言を吐く問題児だった。ノーマが注意してしばらくは大人しくしていたのだが、半年前にエヴァンがいちばん気に入っていたオメガが別のアルファと婚約したのを機に暴走が始まった。縁組み支援担当の千歳を攻撃し始めたのだ。

『どうして他の奴に彼女を紹介したんだ？　彼女は俺と婚約寸前だったのに！』

対面会の会場に押しかけてきたエヴァンに詰め寄られ、千歳は彼を宥めようと言葉を探した。

『落ち着いてください。こうなったことは残念ですが、お見合いも婚約も彼女の意思です。あなたにもきっといいご縁が……』

『うるさい！』

胸ぐらを掴まれ、もう少しで殴られるところだった。会場にいたオメガたちがホテルの警備員を呼んでくれたおかげで事なきを得たものの、しばらく動悸が治まらなかった。

この一件はエヴァンの両親も知るところとなり、噂が広まる前にエヴァンは留学という名目でイギリスへ送られたはずだ。

「久しぶりだな、ミスター縁組み支援担当！」

エヴァンが大声で叫ぶ。わざとらしい笑顔を作っているが、いつもきちんとセットしていた髪は乱れ、目は血走っていた。

「ラスキンさん……イギリスに移住されたと伺ってましたが」

「一週間前に戻ってきた。イギリスの水がどうにも合わなくてさ」

「そうでしたか。ええと……」

言いよどみ、どうやってこの場を丸く収めようか必死で頭を回転させる。そうしている間にもどんどんエヴァンが近づいてきて、目の前に立ち塞がられてしまった。

「あれからいろいろ考えたんだが、どう考えても俺と彼女が結婚できなかったのはおかしい。あんたは彼女の意思だと言ったが、俺と結婚させまいとあれこれ画策したんじゃないか」

「……ラスキンさん、あなたは今冷静さを欠いた状態です。これ以上あなたとはお話しできませんのでお帰りください」

毅然としたいのに、脚が震えている。

半年前と同じようにエヴァンに摑みかかられそうになったそのとき、ふいに誰かがエヴァンの腕をがっちり捕らえた。

「……っ⁉」

エヴァンの背後から現れたのはレスターだった。感情の見えない灰色の瞳で、じっとエヴァンを見下ろしている。

「なんだおまえは⁉　放せ！」

「彼に摑みかかろうとしてただろう。見過ごすわけにはいかない」

「は？　おまえには関係ないだろ？」

「関係あるさ。彼は俺の縁組み支援担当者だからな」

レスターの言葉を、エヴァンが心底馬鹿にしたように鼻で笑った。

「結婚相手を見つけたいなら他を当たったほうがいい。こいつはまったくの……うああっ！」

エヴァンが最後まで言い終わらないうちに、レスターが彼の腕を捻り上げる。さほど力を入れているようには見えないのに、エヴァンは苦痛に顔を歪めながらその場に倒れ込んだ。

「突っ立ってないで警備員を呼んでこい」

レスターに命じられ、はっと我に返る。慌ててホテルに向かおうとしたところで、騒ぎに気づいたノーマが駆け寄ってくるのが見えた。

「いったい何の騒ぎ？　エヴァン!?」

エヴァンに気づいてノーマが盛大に顔をしかめる。すぐさま警備員を呼びつけ、「この人は出入り禁止よ、今すぐ連れ出して」とてきぱき指示を出した。

「ダットンさん、ご迷惑をおかけしてすみません」

「いいえ、大事にならなくてよかったです」

まだ何か喚いているエヴァンを警備員に引き渡し、レスターが涼しい顔で答える。

ノーマが警備員のあとを追ってホテルへ向かい、千歳はレスターとともにその場に取り残されてしまった。

「……ありがとうございます」

「あの男と何かトラブルが？」

強い口調で詰問され、少々たじろいであとずさる。

「いえ、個人的なトラブルではなく、縁組み支援プログラムに対するクレームです。詳細は省きますが、ええと、上手くいかなかったのは僕のせいだと」

「つまり、きみ個人への恨みじゃないか」

「まあそうなんですけど、半年前にイギリスに留学されて、もう終わったのかと」

「俺が話を付けよう。彼の名前は？」

レスターの申し出に、慌てて千歳は首を横に振った。

「いえ、結構です。あなたにご迷惑をおかけするわけにはいきません。トラブルはこちらで対処しますので」

無言で千歳をじっと見下ろしてから、レスターが「そうか」と呟く。

「ああいう輩はよくいるのか？」

「まあそれなりに。アルファの皆さんは理想もプライドも高いかたが多いですから」

千歳の言葉に、レスターが声を上げて笑った。

「あの男のみっともない振る舞いを見て俺もちょっと反省した。なるほど、きみの目には俺もああいうふうに映っているんだなと」

ここは「そんなことないですよ」とフォローすべきなのだろうが、千歳は敢えて無言で微笑んだ。いつも礼儀正しく控えめだからといって、アルファの傍若無人ぶりに何も感じていないわけではないのだ。

それが伝わったのか、レスターが千歳の顔を見てにやりと口角を上げる。

「連絡待ってるよ、ミスター縁組み支援担当」

おどけた言い方に面食らっている間に、レスターは大股で立ち去っていった。

レスターの姿がホテルの建物に消えてから、改めて耳に笑いを含んだ声音が甦る。

あのレスター・ダットンが、あんなふうに軽口を叩くとは思いもしなかった。不意打ち過ぎて心臓が早鐘を打っている。エヴァンが押しかけてきたせいでかなり動揺していたはずなのに、エヴァンの一件を打ち消すほどのインパクトで——。

（まだパーティは終わってない。しゃんとしなきゃ）

レスターの残像を振り払い、千歳はパーティ会場に向かってぎくしゃくと足を踏み出した。

5

エヴァン・ラスキンの闖入というアクシデントはあったものの、お見合いパーティの成果は上々だった。

成功の要因は、なんといってもオメガの出席率が高かったことだろう。パーティ前はレスターに人気が集中してしまうのではと懸念していたが杞憂だった。パーティでのレスターの無愛想ぶりに、レスター狙いのオメガが早々に対象を切り替えたのだ。

条件を見て敬遠していたものの、実際会ってみたら好印象を抱くというケースも少なくない。今回のパーティはまさにそのパターンで、十組のカップルが個別デートに進むことになった。

(レスターとハンナのランチデートも上手くいったみたいだし)

デート希望のカップルが多かったため、パーティ翌週の土曜日にヘブンズブリッジホテルのレストランで合同ランチ会を開いた。

千歳も送迎係として同行したのだが、さすがに今回は同席は辞退した。幸い、ランチデートではそこそこ会話が続いたらしい。無口なハンナも、レスターに問われて子供時代の思い出を話したと言っていた。

これから何度かデートを重ねていくうちに、もっと打ち解けて話すことができるようになるだろう。

（ハンナとの縁談がまとまってくれるといいんだけど）

書類作成の手を止めて、千歳は凝った肩を揉みほぐした。

このところ、どうも体調が優れない。はっきりどこが悪いというわけではなく、頭に靄がかかったような状態が続いている。夜はベッドに体を横たえた途端に電池が切れたように眠りに落ち、朝は体が重くてなかなか起き上がれない。日課の朝の散歩も、何日も行けずじまいだ。

あまり考えたくないが、これはオメガ特有の体質によるものかもしれない。

抑制剤を服用していても、発情には至らないが発情の兆候が見られるケースが稀にあるそうだ。かかりつけの医者によるとさほど重いものではなく、二週間程度で治まるらしい。

男性オメガの場合、千歳くらいの年齢が性的に成熟する時期だとも言われているし、何らかの影響はあるのかもしれない——。

「千歳、こないだのパーティの経費を確認してもらえる？」

ふいにグレッチェンに声をかけられ、千歳ははっと我に返った。慌てて椅子から体を起こし、グレッチェンから書類を受け取る。

「お疲れ気味ね。大丈夫？」

「うん、大丈夫。ちょっと寝不足かな」

「このところ気苦労が多かったもんね。エヴァン・ラスキンの闖入事件とか」

グレッチェンの言葉に、苦笑いを浮かべてみせる。

彼女の言う通り、エヴァンは現在進行形で千歳に多大なストレスをもたらしている。パーティ会場からつまみ出され、ボストンから駆けつけてきた両親によって実家に連れ戻されたのだが、その後ヘブンズブリッジハウスに脅迫めいたメールを送ってきたのだ。

警察に通報してもいいくらいの内容だったが、ノーマがエヴァンの両親と話し合って、ひとまず不問に付すことになった。両親はエヴァンにカウンセリングを受けさせ、施設に近づかないよう監視下に置くことを約束し……。

「アルファって癖の強い人が多いから大変だね。自己中心的で、自分が正しいと信じて疑わないって感じ」

グレッチェンの言葉に、千歳は少し考えてから口を開いた。

「全員がそうというわけじゃないよ。自己中な人は、アルファに限らずオメガにもベータにもいるし」

グレッチェンが「かもね」と肩をすくめ、自分のデスクへ戻っていく。経費の書類に目を落としつつ、千歳は自分の優等生ぶったセリフに苦笑した。

少し前まで、自分もグレッチェンと同じ意見だった。アルファは全員漏れなく暴君で、彼らに共感することは一生ないだろうと。

(少なくともレスターは、まったく聞く耳を持たないってわけじゃないみたいだし)

そう考えたところで、はっとする。

いけない、ちょっとばかり謙虚な姿勢を見せられたくらいで絆されるなんて。

アルファに油断は大敵だ。自分たちオメガにとって、アルファは無慈悲な捕食者と考えるくらいでちょうどいい。

もちろんこれは千歳個人の考えであって、他のオメガたちに強要する気はない。アルファとオメガの縁組み支援をしている手前、心の中にしまって口には出さないのが賢明だ。

レスターを頭から追い出して、今度こそ集中しようとペンを片手に書類をチェックする。確認を終えたところで、デスクの電話が鳴り始めた。

「はい、ヘブンズブリッジハウス事務局です」

『千歳か？』

耳をくすぐる低い声に、思わず受話器を取り落としそうになってしまった。

『俺だ。レスターだ』

返事がないのを訝しく思ったのか、レスターが声を大きくする。

急いで呼吸を整え、千歳は「はい、ええ、こんにちは」と声を絞り出した。

『次回のデートの件なんだが、仕事が立て込んでいるので日にちを変更してもらいたい』

「ええ、構いませんよ。いつにしましょうか？」

デスクの卓上カレンダーに目をやりながら答える。

大丈夫だ、自分はもう平常心を取り戻せている。顔は見えないのだから緊張する必要はない。

『来月初旬に一週間の休暇を取った。休暇中に同居トライアルをしようと思っている』

「えっ？　ちょっと待ってください、二回目のデートなしでいきなり同居トライアルですか？」

『何か問題が？』

不満そうな口調で問い返され、千歳は目をぱちくりさせた。

そうだった。相手はあのレスター・ダットンだ。施設の規則や慣例など知ったことではない、が罷り通る人物。

「……あまり前例がないので施設長に相談してみます。それと、ハンナの同意が必要ですね」

『わがままを言ってるのはわかってる。だが仕事の合間を縫ってちまちまデートするより、ある程度まとまった時間を一緒に過ごしてみるほうが合理的だと思わないか？』

「そうですね。一理あると思います」

棒読みのセリフを返しながら、千歳は内心ため息をついた。

ノーマもハンナも了承するわけがない。同居トライアルは結婚を決断するための最終ステップで、ハンナはようやく緊張が解けたか解けないかという段階なのに。

『そうは言っても、ハンナとしては不安が大きいだろう。そこで提案だ。きみに付き添いを頼みたい』

「ええっ？」

思いがけない申し出に、声が裏返ってしまった。

千歳が何か言う前に、レスターが矢継ぎ早にたたみかけてくる。

『きみが一緒ならハンナも安心できるだろう？　場所はエンジェルレイク、ヘブンズブリッジから車で二時間ほどの避暑地だ。知ってるか？』

「知ってますけど……っ」

『そこに会員制のリゾートクラブがある。ホテルもあるが、今回はコテージを手配した。寝室が三部屋あるし、鍵もかかるから心配ない』

急にそんなことを言われても、混乱した頭ではなんと答えていいかわからない。

わかっているのは、即答は避けてノーマの判断を仰ぐべきだということだけ。

「ちょっと待ってください、ええと、ハンナに訊いてみます。それと、施設長にも」

『そうしてくれ。じゃあ』

ぷつんと通話が切れ、千歳は受話器を持ったまま固まった。

(同居トライアルに僕が同伴？)

そんな話、今まで聞いたことがない。少なくとも自分がコーディネーターになってからは。

こめかみに走った頭痛の予兆に顔をしかめつつ、受話器を置いて立ち上がる。

「経費はこれでOKだからよろしく」

グレッチェンに書類を渡してノーマのオフィスに行こうとし、千歳は足を止めて振り返った。

「前言撤回。アルファは全員自己中だ。間違いない」

6

七月の第一金曜日、午後一時。

紺色の小型セダンが、鬱蒼とした森に囲まれた道を駆け抜けてゆく。

ハンドルを握りながら、千歳はちらりと助手席のハンナに視線を向けた。ヘブンズブリッジハウスを出発してからほとんど口を開かないのは、極度の緊張状態にあるからだろう。

(気持ちはわかるよ。正直、僕もかなり緊張してるし)

心の中でハンナに語りかけ、視線を正面に戻す。

今日から二泊三日の予定で、ハンナはレスターとの同居トライアルに臨む。縁組みコーディネーター同伴という、少々変則的な同居トライアルだ。

レスターの提案にノーマが難色を示すだろうと思っていたのだが、拍子抜けするくらいあっさりとOKが出てしまった。

『いいんじゃない？　あなたが立ち会うなら安心だわ』

『私も、レスターとふたりきりだったら断るけど、千歳が一緒に来てくれるなら心強い』

ハンナにそう言われたら断るわけにはいかない。

これまで縁組みに消極的で、同居トライアルはおろかデートまで進むのも稀だったハンナが、思い切って一歩踏み出そうとしているのだ。たとえレスターと上手くいかなくても、この経験はハンナにとってきっとプラスになる。

（ふたりが上手くいって、僕がお邪魔虫状態になるのも困るけど）

同居トライアルの捉え方は人それぞれで、セックスも含まれるか否か、カップルによって見解が異なる。施設としては推奨も禁止もせず当事者同士の意思に委ねているが、レスターはどう考えているのだろう。

（ホテルに着いたらまずその点を確認しないと……ハンナからは言い出しにくいだろうから、僕が言ったほうがいいかな）

気まずい空気を想像しただけで気が滅入る。

千歳の気持ちと連動するように、フロントガラスにぽつぽつと細かい水滴が落ちてきた。今夜から天気が崩れるという予報だったが、予報より早く雨になりそうだ。

ハンナが何か言いたそうにしている気配を察し、千歳は「少し休憩しようか」と車を路肩に寄せてエンジンを停止した。

「あとどれくらい？」

ふいにハンナに話しかけられ、カーナビを見ながら「三十分くらいかな」と答える。

ハンナがこちらに向き直り、意を決したように口を開く。

「ごめんなさい。私、無理かも」

「同居トライアル？　それともレスター？」

穏やかに尋ねると、ハンナは俯いて「両方」と囁いた。

「今朝までは前向きな気持ちだったの。パーティには施設の十八歳以上の子がほぼ全員出席してたでしょう？　私より若くて綺麗な子ばっかりなのに、レスターは私を選んでくれた。今度こそ上手くいくかも、彼こそが私の伴侶なのかもって、ちょっと舞い上がってた。だけど今は全然だめ。レスターに気に入ってもらえる自信がない」

　一気に吐き出して、ハンナが苦しげに息を吸い込む。

　彼女の不安が痛いほど伝わってきて、千歳は急いで言葉を探した。

「気に入られようとしなくていいんだよ。アルファが選ぶ立場でオメガは選ばれる側って思われがちだけど、今はもうそういう時代じゃない。きみがレスターを、結婚相手としてふさわしいか見極めるんだ。あのダットン家の御曹司をジャッジできる機会なんてそうそうないし、結果はどうであれこの状況を楽しめばいいんだよ」

　慰めになっているかどうか微妙なところだが、ハンナが小さく笑みを浮かべてみせる。

「そんなふうに強気に思えたらいいんだけど。確かに、こんな機会滅多にないよね」

「どうしてもだめだと思ったら途中でやめてもいいし、あまり気負わずバカンス気分で過ごしてみようよ」

「そうね、今回の旅行のためにドレスや靴も新調したことだし」

「そうだよ、あの水色のドレスは絶対に披露しなきゃ」

　ハンナのポジティブな気持ちが萎まないうちに、そして雨が本降りになる前に、千歳は急いで車のエンジンをスタートさせた。

エンジェルレイクリゾートは、湖畔に広大な敷地を持つ会員制リゾートクラブだ。

顧客は主にニューヨークの富裕層で、三階建てのこぢんまりしたホテルを中心にテニスコートやプール、ゴルフコースを備え、敷地内の森に十棟のコテージが点在している。

事前にネットで情報収集しておいたので少々のことでは驚かないつもりだったが、守衛付きの立派なゲートをくぐってからホテルに着くまでの長い道のりにまず驚かされた。

やがて木立の向こうに、マナーハウス風の石造りの建物が見えてくる。

「すごい……なんか別世界って感じ」

助手席のハンナが、気後れしたように呟いた。

「ほんと、別世界にようこそって感じだね。僕たち以外にも今日初めて来たってお客さんがいるといいんだけど」

敢えて軽く言いながらホテルの前へ車を横付けすると、ドアマンが恭しげに車のドアを開けてくれた。

「いらっしゃいませ。駐車係がお車を駐車場まで運転させていただきます」

「よろしくお願いします」

運転席から降りて、目を白黒させているハンナとともにホテルの正面玄関に足を踏み入れる。

吹き抜けの天井に大きなシャンデリア、ロビーのソファで談笑する老紳士たち——父がカントリークラブの会員だったのでこういう場所は初めてではないのだが、今まで千歳が目にしてきた場所とは明らかに格が違った。

「レスターはまだ来てないみたいだね」

ロビーをぐるりと見まわしたところで、制服姿の女性がにこやかな笑みを浮かべて近づいてきた。

「失礼いたします。タカトリさまでしょうか？」

「はい、そうです」

「ダットンさまから伝言をお預かりしております。こちらへどうぞ」

誘導されたチェックインカウンターに、支配人の名札を付けた男性が笑顔で待ち構えていた。

「いらっしゃいませ。ダットンさまのお名前でコテージのご予約を承っております。先ほどダットンさまからご連絡をいただきまして、ご到着が二時間ほど遅れるとのことでした。おふたりを先にコテージにご案内いたしましょう」

「はい、お願いします」

ハンナが慣れないドライブで疲れている様子だったので、レスターが来るまで部屋で休んだほうがいいだろう。

支配人に続いて正面玄関から外に出ると、小雨がぱらついていた。大型のゴルフカートのような乗り物に乗車し、コテージへ向かう。

森の中を蛇行するようにデザインされた道に、間隔を充分に空けてコテージが配置されていた。

「コテージってログキャビンの素朴な山小屋みたいなのを想像してたんだけど、これはお金持ちの別荘だね」

千歳の隣で、ハンナが小声で囁く。

ハンナの言う通り、コテージはどれも立派な造りで、いかにも富裕層の別荘地といった雰囲気だった。

やがてカートが、奥まった場所にひっそりと建つコテージの前に停車する。

三角屋根に石造りの壁、木立に囲まれた隠れ家のような佇まいは、他のコテージよりも落ち着いて過ごすことができそうだ。

カートから荷物を降ろしながら、ポーターが空を見上げる。

「雨脚が強くなってきましたね」

「ええ、予報では雨が降るのは今夜からって言ってましたけど」

「明日は晴れるといいですね」

ポーターと無難な会話を交わしつつ、階段を上って扉の前に立つ。ちらりと隣のハンナを見やると、再び緊張でかちこちになっているのがわかった。

「うわあ……」

ポーターが両開きの大きな扉を開けると、ハンナが歓声と吐息の中間のような声を上げる。

玄関ホールに置かれた丸いテーブルの上、花瓶から溢れんばかりのピンクの薔薇が芳しい香りを漂わせていた。どんよりとした雨雲に覆われていた心が、濃淡とりどりの美しい色にぱっと明るく照らされる。

「素敵……こんなにたくさんの薔薇の花束、初めて見たわ」

「ほんと、すごく綺麗だね」

思いがけない気遣いに驚いたが、彼はあのダットン家の御曹司だ。女性を喜ばせる術を心得ているのは当然だろう。

花だけではなく、ダイニングルームのテーブルには冷えたシャンパンやチョコレート、フルーツの盛り合わせも用意されていた。

「ダットンさまから、おふたりともお好きな寝室を選んでくださいとのことです」

「ありがとうございます」

チップを渡そうとすると、ポーターが「ダットンさまからいただいてますので」と笑みを浮かべる。まったく、抜け目がなさ過ぎてさすがとしか言いようがない。

ポーターが立ち去ってふたりきりになると、ハンナが「寝室を見てきていい？」とためらいがちに切り出した。

「もちろん。疲れただろうから横になっててていいよ。レスターが着いたら起こしに行くから」

曖昧に微笑んで、ハンナが廊下の奥へ向かう。

自分は付き添いなので、寝室はハンナとレスターが選んで最後に残った部屋で充分だ。リビングルームの片隅に小さなデスクがあるのを見つけて、千歳は持参したノートパソコンを開いた。

　ありがたいことにWi-Fiがまあまあの速度で繋がった。仕事のメールに目を通し、急ぎの用件から返信を打っていく。

　三件片付けたところで、ハンナが廊下の奥から現れた。

「いちばん手前の寝室を使わせてもらうわ。主寝室は広くてびっくりよ。バスルームも超豪華。裏庭にテラスもあって、バーベキューグリルがあった。それと、地下室にプロジェクターと大きいスクリーンも」

「すごいね。よかったらコーヒーか紅茶でも淹れようか？」

「ううん、今はいい」

　そう言って、ハンナが深々と息を吐いた。

「だめだ、やっぱり緊張しちゃう。ちょっと頭冷やしたいから散歩に行ってくる」

「え？　雨が降ってるのに？」

「今は小やみになってるよ。森の新鮮な空気を吸ってリフレッシュしたいの」

「僕も一緒に行くよ」

　パソコンの電源を落として立ち上がると、ハンナが「いいって、いいって」と手で制する。

「ホテルまで歩いて戻ってくるだけ。森に迷い込んだりしないから心配しないで」

　少しひとりになりたいのかもしれない。ハンナの気持ちを汲んで、千歳は頷いた。

「わかった、三十分だけね。ああ、スマホを忘れずに」

「了解。じゃあちょっと行ってくるね」

ハンナが玄関のドアから出て行く後ろ姿を目にしたとたん、やはり一緒に行くべきだと思い直す。

若い女性、しかもオメガだ。このリゾートクラブの客にアルファが多いのは想像がつくし、アルファの中にはオメガには何をしてもいいと考える不届き者もいる。ここは上流階級の紳士の社交場だが、どんな場所にも獣は潜んでいると考えたほうがいい。

スマホと部屋の鍵をポケットに突っ込んでドアを開けると、木立の隙間にハンナのラベンダー色のサマードレスが見えた。

追いかけようと外に出たところで、室内の固定電話が鳴り始める。一瞬迷ったが、レスターかもしれないと思い、回れ右して受話器を取った。

「はい」

『エンジェルレイクリゾートのレストランのスタッフです。先ほどお電話いただいた件のお返事です』

「電話？　ええと、電話したのはダットン氏でしょうか？」

『お名前は伺っておりませんが、五分ほど前にお電話くださいましたよね？』

「この番号からですか？」

『はい。ディナーのメニューの件で』

「いえ、僕たちさっき到着したばかりで、電話はしてませんけど」

そう答えてから、もしかしてハンナが何か問い合わせたのだろうかと思い直す。

「電話をしたのは女性でした？」

『そうです、女性の方でした。アレルギーがあるので、事前にメニューを知りたいと』

ハンナにアレルギーはない。怪訝に思いつつ、「本人に確認してみます」と電話を切ろうとすると、『ちょっと待ってください』と引き留められた。

『今夜のディナーのメニューに海老、蟹などの甲殻類はありません。ですがええと……デザートにナッツを使用しておりまして』

「すみません、本人が今ここにいないんです。後ほどかけ直してもらえますか？」

『ええ、そうします』

「念のために伺いますが、コテージの七号棟で間違いないですよね？」

『えっ？　ああ、すみません、部屋を間違えました』

電話の向こうで、スタッフの男性が可笑しそうに声を立てて笑う。少々むっとして、千歳は無言で受話器を置いた。

急いで外に出るが、当然ながらハンナの姿は見当たらなかった。小雨の中、俯き加減にホテルへ向かう。

ホテルまで早足で五、六分といったところか。正面エントランスの扉を開けてくれたドアマンに礼を言って中に入ると、ロビーは無人だった。

隅のソファに掛け、スマホを取り出しハンナに電話をかける。しかし呼び出し音が鳴り続けける。

メールを送っても返事がないので、カウンターへ行ってスタッフに「すみません」と声をかけるだけで、ハンナは電話に出なかった。

『ハンナ、やっぱり心配だからホテルまで迎えに来たよ。今どこ?』

「コテージの七号棟に宿泊予定の者です。この三十分ほどの間に連れの女性が来たかと思うのですが、見かけませんでした? 金髪にラベンダー色のサマードレスの若い女性です」

「この三十分ずっとカウンターにおりましたが、見かけてないですね」

「そうですか……ええと、この建物の中にカフェはありますか?」

「はい、ご案内しましょう」

ロビーの隣にクラシックな雰囲気のカフェがあったが、年配のカップルがふた組いるだけで、ハンナの姿はなかった。念のためバーとレストランも覗くが、ここにもいない。

「すみません、行き違いになっちゃったのかも。いったんコテージに戻ります」

案内してくれたスタッフに礼を言い、千歳はホテルの外に出た。

コテージからホテルまでは一本道だ。近道しようと森を通り抜けたりしなければ、の話だが。

用心深い性格のハンナが、森の中を突っ切って近道したとは思えない。買ったばかりの綺麗なサンダルを履いていたし、第一彼女は虫が苦手だ。

「ハンナ? いる?」

小走りでコテージに戻り、ドアを開けて呼びかけるが、返事はなかった。

コテージの中を隈なく捜しまわりながら、不安の芽がどんどん伸びてゆくのを感じる。

どうしてハンナをひとりにしてしまったのだろう。

女性オメガは危険な目に遭う可能性が特に高い。目を離したのはほんの数分、だがその数分で取り返しのつかないことが起きることもあるというのに。

頭の中にあらゆる最悪の事態が渦巻き、千歳は息苦しくなって壁にもたれかかった。

（警察に通報する？　いや、その前にホテルの支配人に連絡したほうが……っ）

震える手でポケットからスマホを取り出したところで、ふいに着信音が鳴り響く。

「うわっ！」

驚いてスマホを床に落としてしまった。慌てて拾って画面を見ると、ハンナからだった。

「もしもし？　ハンナ？」

急き込んで尋ねると、電話の向こうからくぐもった声が返ってくる。

『ええ、あの、ごめんなさい……電話やメールもらってたのに、返事が遅れて……』

ハンナが無事だったことに、千歳はひとまず胸を撫で下ろした。

「いいよ、どこにいるの？」

『それが……あの……』

声が少し遠ざかり、何やら雑音に遮られる。

「ハンナ？　聞こえる？」

声を張り上げて呼びかけると、一拍置いてからハンナが『うん、聞こえてる』と返事をした。

心なしか、声が震えているような気がする。心配になって「大丈夫（だいじょうぶ）？」と尋ねると、今度は間髪（かんはつ）をいれずに『大丈夫』と返ってきた。

『あの、本当にごめんなさい。いろいろ考えて、やっぱり自信がなくなって……。悪いけど、今回の同居トライアルは、キャンセルさせてもらっていい……？』

電話の向こうでハンナが嗚咽（おえつ）を漏（も）らす。慌てて千歳は「もちろんだよ。気にしないで」と答えた。

やはり彼女にとって、レスターとの同居トライアルは負担が大きかったらしい。道中で励（はげ）ましたことも、かえってプレッシャーをかけてしまったのかもと反省する。

「今どこにいるの？　迎えに行こうか？」

『ううん、あの……姉と一緒にいるの。前に話したでしょう、父親の違う姉がいるって』

「お姉さんと？」

面食（めんく）らって問い返す。以前ハンナから姉の話を聞いたとき、親しい関係とは言いがたい印象だったのだが。

『そう、実は最近連絡を取り合ってたの。お見合いのこととか、いろいろ相談に乗ってもらいたくて……あれこれ悩（なや）みながらホテルの前に着いたら、ちょうどタクシーが停（と）まってて……思わず飛び乗って姉の家に来ちゃったの。それで、しばらく泊（と）めてもらうことになって』

「そうだったんだ。お姉さんの家はどこ？」

『オールバニの近く。あとで住所を送る』

「荷物、届けようか？」

『ううん、服は姉に借りるから……悪いけど、スーツケースを持って帰ってもらえる？』

「了解。レスターには僕から事情を話しておくから心配しないで」

　ハンナが大きく息を吸い込み、ゆっくりと吐き出す気配が伝わってきた。

『取り乱してごめんなさい。何日かして落ち着いたら必ずヘブンズブリッジハウスに戻るから』

「うん、お姉さんによろしく」

　言い終わらないうちに、通話がぷつっと切れる。

　薄暗い部屋に立ち尽くし、千歳はコーディネーターとして今回の件を大いに反省した。

　同居トライアルは、やはり何度かデートを重ねてからにするべきだった。レスターの都合に合わせてハンナに無理をさせてしまった。

　明かりを点けようとして、いつのまにか雨が本降りになっていることに気づく。レスターに同居トライアルの中止を伝えて、これ以上雨がひどくならないうちにヘブンズブリッジに帰らなくては。

　さっそくレスターに電話したが、あいにく圏外だった。メールを送信し、置き手紙をして帰るのはありかなしか考える。

（あと一時間待って来なかったら、先に帰らせてもらおう）

　そう決めて、キッチンのコーヒーマシンでコーヒーを淹れることにした。

四十分後、千歳は帰宅を早めることにした。

雨が次第に強くなり、心配になってネットのニュースを見ると、エンジェルレイク一帯に大雨警報が発令されていたのだ。

レスターへの手紙をダイニングテーブルの上に置き、ホテルのフロントに送迎要請の電話をしようとしたところで、コテージの前にカートが停車する。

玄関のドアを開けると、土砂降りの雨の中、レスターがカートから降りて向かってくるところだった。

「遅くなってすまない」

言いながら、レスターが階段の下から目を眇めるようにしてこちらを見上げる。

その眼差しに、なぜかうなじの辺りがざわりとし……千歳はよろりと一歩あとずさった。

「いえあの……メールは読んでいただけましたか？」

「ああ、読んだ」

仕事帰りらしく、レスターはスーツ姿だった。いつもきっちり撫でつけている髪が、雨に濡れて少し乱れている。

階段を駆け上がってきたレスターとぶつかりそうになり、玄関に突っ立っていた千歳は慌てて横に避けた。

「本当に申し訳ありません。今回のトライアルは中止ということで、僕も帰らせていただきます」

「遠慮するな。泊まっていけばいい」

レスターの返答に、無意識に奥歯を嚙みしめる。寝室が別々であっても、彼とふたりきりになる事態はなんとしても避けたい。

「ありがとうございます。けど、雨がひどくなる前に……」

「もう手遅れだ。エンジェルレイクと隣の集落を繋ぐ唯一の車道が冠水した。俺はぎりぎり通れたが、もう通行止めになってるはずだ」

「え……っ」

帰れなくなったと知って、千歳はひどく狼狽えた。内心の動揺を押し隠し、なるべく冷静に聞こえるように「けど、まだ通行止めになってない可能性もありますよね？」と口にする。

「いえ、先ほど通行止めになったと通達がありました。せっかくの休暇なのに大雨で残念です」

一縷の望みも、レスターの背後からスーツケースを持って階段を上ってきたポーターに打ち砕かれてしまった。

「お食事の際にまたお迎えに参ります」

「ありがとう」

レスターと言葉を交わし、ポーターがカートに乗り込んで去って行く。表情を取り繕うことも忘れ、千歳は茫然とその後ろ姿を見つめた。

普段はほのかに香る程度のレスターのコロンが、雨に濡れたせいか濃密な香りを漂わせているのがなんとも落ち着かない。

　いつもとたいした違いはないのかもしれない。だが、自分はオメガだ。アルファがまとう匂いに敏感なのは仕方がないことで――。

「わがまま御曹司とふたりきりなんて勘弁してくれ、って顔だな」

「えっ？　いえ、そんな」

　慌ててビジネス用の笑みを作ろうとするが、上手くいかなくて断念する。今更取り繕っても白々しいだけだ。

「ええと……いちばん手前の寝室を使わせていただきます」

「ああ。食事の前にシャワーを浴びてきていいかな」

「ええ、もちろん、構いません」

　ぎこちない会話から逃げようと、千歳は用もないのにキッチンへ向かった。水を一杯飲んで、呼吸を整える。

（大丈夫、たったひと晩だ。明日にはきっと道路も復旧するだろうし）

　そう自分に言い聞かせ、荷ほどきをするため寝室へ向かった。


　大粒の雨が、窓ガラスを激しく叩いている。

　寝返りを打って枕元の時計を見ると、ちょうど午前零時になったところだった。

（眠れない……）

ベッドに入って一時間以上経つのに目が冴えたままだ。雨音のせいか、それともいつもと違う枕のせいか。

いや、自分でもわかっている。眠れないのはアルファとひとつ屋根の下にふたりきりという緊張感のせいだろう。

仰向けになって大きく息を吐き、ウォールランプのやわらかな明かりに照らされた天井を見上げる。

レスターとのディナーは、少なくとも表面上は和やかな雰囲気で終えられたと思う。

『きみはニューヨーク生まれじゃないな。話し方にニューヨーカーっぽさがない』

『わかります？　まあ早口じゃないからすぐわかりますよね』

『ヘブンズブリッジ近辺でもなさそうだ。当ててみよう。訛りがないから都市部……ＬＡ？』

『当たりです』

『どういう経緯でヘブンズブリッジへ？』

『ヘブンズブリッジハウスに採用されたので』

レスターの質問をのらりくらりとかわし、なんとかディナーを乗り切った。

同居トライアルをドタキャンされてレスターが不機嫌になっているのではと心配していたが、まったくそんな素振りは見せず、むしろ機嫌が良さそうだったのが幸いだ。

（休暇だからかな。せっかくの休暇も、こんな大雨に見舞われちゃったけど）

目を閉じると、ディナーの光景がありありと浮かんでくる。

リゾートホテルらしく、レスターは麻のジャケットにノーネクタイだった。かっちりしたビジネススーツ姿とは印象ががらっと変わり――おそらくサンドベージュの夏らしい色合いのせいだろう――いつもより少し若く見えた。

(いつもが老けてるってわけじゃないんだけど)

そしてテーブルに置かれたキャンドルの揺らめく炎のせいか、冷たくて怖い印象だった灰色の瞳がやけに魅力的で……。

ぱちっと目を開け、千歳はレスターの残像を頭から追い出そうと試みた。

別のことを考えようと目を閉じ、ハンナは落ち着いただろうかと思いを馳せる。

正直なところ、コーディネーターとしてはレスターとハンナの組み合わせが最適であるようには感じられない。レスターはハンナを気に入って指名したのだろうが、その割にあまり熱意が感じられないし、ハンナはハンナでひたすら受け身だ。

(ハンナにはもっと穏やかな人のほうが……と言っても、アルファに穏やかな人ってなかなかいないんだけど)

先日面談に訪れた三十代後半の地質学者は、落ち着いた印象でハンナとも波長が合いそうだった。ヘブンズブリッジに戻ったら、さっそく対面会のセッティングをしよう。

問題はレスターに誰を紹介するか。オーブリーは先日のパーティで意気投合した会社経営者と順調にデートを重ねているし、他の年長者も似たような状況だ。

（ま、うちの施設にこだわらなくてもレスターは引く手数多だろうし）

そこまで考えて、はっとする。

レスターのことを頭から追い出すはずが、いつのまにかレスターのことを考えていた。

「ああ、もう！」

勢いをつけて起き上がる。ベッドから抜け出してカーテンを開け、千歳はしばし雨粒がガラスに描く模様を眺めた。

こんなとき、かぎ針とレース糸があれば無心になれるのに。暇なときに作りためているモチーフの数々が頭に浮かび、無意識に手が動く。

ベッドに戻る前に水を一杯飲みたいが、レスターはもう寝ただろうか。千歳が寝室に引きあげる際、リビングでパソコンを広げて何やら作業をしていたが……。

寝室のドアの前に立ち、聞き耳を立てる。

深夜にアルファとふたりきりの状況は極力避けたい。寝る前にミネラルウォーターのボトルをひとつ持ってくるべきだったと後悔しつつ、千歳はドアを薄く開いた。

廊下の先、リビングのシェードランプのほのかな明かりが見える。常夜灯モードになっているので、おそらくレスターも寝室に引きあげたのだろう。

そっと廊下に踏み出し、キッチンを目指す。グラスに冷えたミネラルウォーターを注いで一気に飲み干したところで、雷の音が聞こえてきた。

雷は苦手だ。不穏な閃光も、体にずしんと響く轟音も。

大丈夫、離れた場所でゴロゴロ言ってるだけだし、自分は今安全な場所にいる。不安にざわめく気持ちを落ち着かせようと、千歳はグラスに二杯目の水を注いだ。

雨の音が一段と強くなった気がする。雷鳴もじわじわと近づいてきた。

二杯目の水をゆっくりと喉に流し込んでグラスを置いたところで、ふいに人の気配を感じて千歳は振り返った。

「……っ！」

危うく悲鳴を上げそうになり、すんでのところで飲み込む。

薄闇の中キッチンの入り口に現れたのは、グレーのナイトローブを無造作に羽織ったレスターだった。

「ああ、いたのか」

「……ええ、水を飲んで、もう部屋に戻るところです」

ナイトローブの襟元から覗いた厚い胸板に、慌てて視線をそらす。しかし目に焼き付いてしまった強烈な残像に、千歳はくらりと目眩を覚えた。

急いでレスターの横をすり抜けようとしたところで、青白い閃光が部屋に差し込んだ。

雷が間近に迫ってきている。身構えたところで窓ガラスを震わせるほどの大きな雷鳴が轟き、思わず口から「ひゃっ」と情けない悲鳴が漏れてしまった。

「今のは近くに落ちたな」

「ですね……うわっ！」

相槌を打つと同時に部屋が真っ暗になり、心臓が口から飛び出しそうになる。

まずい。こんなふうに怯えて動揺しているところを他人に見られたくない。しかも一緒にいるのは、よりによってアルファで――。

「大丈夫か？」

「ええ、大丈夫です。急に暗くなってびっくりしただけで」

いや、全然大丈夫じゃない。心臓はばくばくと早鐘を打っているし、脚も震えている。その上さっきまで肌寒いくらいだった室内が急に暑くなり、頭がぼうっとしてきた。

いや、部屋が暑いのではなく、自分の体の内側に熱が籠もっている。

今まで経験したことのない、全身が総毛立つような奇妙な感覚――。

（まさか……ヒート!?）

嫌な予感に、全身から冷や汗が噴き出す。

しかしそのまさかの事態が訪れたことを、下半身の猛烈な疼きが証明していた。

（どうして!?　ちゃんと抑制剤を飲んでるのに！）

立っていられなくなって、千歳は床にしゃがみ込んだ。少しでも疼きを抑えようと、体を丸めて歯を食いしばる。

――ヒートについての知識は充分すぎるほど持ち合わせている。だからわかっている、こうなったらもう、自分の意思ではどうにもならないことを。

停電したのは不幸中の幸いかもしれない。レスターに見られないうちに、そして理性が残っているうちに、一刻も早く寝室に戻って鍵をかけるのだ。そうしないと、取り返しのつかないことになってしまう。

千歳がヒートに飲み込まれまいと必死で足掻いている間も、稲妻が閃き雷がバリバリと派手な音を立て続けていた。パニック映画を見ているような非現実感に、次第に意識が揺らいでいく。

（レスターに気づかれないように、早く部屋に戻らないと……っ）

椅子に手をついて立ち上がろうとするが、足に力が入らない。しかも体を動かした拍子に耐え難い疼きが生じ、床に蹲るしかなかった。

レスターはどこにいるのだろう。さっきから無言だが、もう部屋に戻ったのだろうか。

「――やはり思った通りだ。きみはオメガなんだな」

レスターの言葉に、朦朧としていた千歳はぎょっとした。

「……えっ？　な、なんて？」

「初めて会ったときからそうじゃないかと思ってた。抑制剤は？」

違います、これは単なる体調不良です――そう言えばいいのだろうが、今の千歳にはもう嘘をつく余裕はなかった。

「……飲んでます……っ」

暗闇の中、レスターが跪く気配がした。同時に、魅惑的な芳香が鼻孔をくすぐる。

（レスターのコロン……？）

いや、違う。もっと官能的で、性欲に直結する匂(にお)いだ。

「きみも知っての通り、抑制剤は百パーセント確実というわけではない。そしていったん始まったヒートは薬ではコントロールできない」

「わかってます……っ」

「じゃあベッドに行こう。同性を抱(だ)いた経験はないが、なんとかなるだろう」

「──!?」

驚愕(きょうがく)に目を見開いている間に軽々と持ち上げられそうになり、慌てて千歳はじたばたともがいた。

「結構です！　放してください！」

「オメガのヒートはセックスしないと治まらないって知ってるだろう？」

「それでも嫌です！」

強く言い放つと、レスターが動きを止めてため息をついた。

「なぜだ？　決まった相手がいるのか？」

「違います」

「じゃあ何が問題だ」

レスターの詰問(きつもん)に、しばし逡巡(しゅんじゅん)したのち「したことないから怖(こわ)い」と声を絞(しぼ)り出す。

「まさか……ヒートは初めてなのか？」

「ええそうです！　僕は出来損(できそこ)ないのオメガで、二十四の今までヒートがなかったし親の決めた婚約者に襲われそうになったのがトラウマになってるし！」

　そのとき稲妻が閃いて、レスターの顔を一瞬明るく照らし出した。

　レスターは眉根を寄せ、唇を噛みしめて険しい表情を浮かべていた。いつもは冷たく見える灰色の瞳の中で、何かが燃え盛っており……。

　その青白い炎を目にした瞬間、千歳は悟った。

　ヒート状態のオメガは強烈なフェロモンを出してアルファを誘う。これは自分が焚きつけた炎で、こうなったら互いにもう抗えない。実際体はアルファを求めて狂おしく疼いており、アルファとセックスする以外、この忌ま忌ましい疼きを鎮める方法はないのだ。

「特別な行為ではなく、応急処置だと思えばいい」

　掠れた声で、レスターが囁く。

　観念してぎゅっと目を閉じると、力強い腕に抱き上げられた。密着したレスターの体温が生々しく伝わり、欲望がますます強く募る。

　寝室に運ばれていく間、千歳はあれこれ考えるのをやめることにした。

　というか、もう何も考えられなかった。ここから先は理性を持った人間ではなく、本能のままに生きる獣の領域だ。

　最後にちらりと妊娠の可能性についての懸念が頭をよぎったが、抑制剤の避妊効果に期待するしかない。

「――――っ！」

どさりとベッドに降ろされ、吐息を漏らす。

もしセックスする機会があるとしたら不安や恐怖が大きいだろうと思っていたのに、何も感じなかった。

あるのはただ欲望だけ。剥き出しの、ただの性欲。相手はアルファなら誰でもよくて、恋愛や愛情とは無縁の行為。

（あ……）

唇を塞がれると同時に、熱い舌が口腔内に押し入ってくる。

二十四歳にして初めてのキス。舌を絡め合う濃厚なキスは、たちまち千歳の体を湯煎にかけたチョコレートのように溶かしていった。

ずしりと重みを感じて、レスターが自分の上にのしかかってきたことがわかる。唇を貪りながら、もどかしげに千歳のパジャマを毟り取っていることも。

早く欲しくてたまらなかった。

自慰も滅多にしないし、するとしてもペニスを擦るくらいで後ろの穴は未開発だ。なのに、千歳の蕾はアルファの男根を欲しがって淫らにひくついている。

男性オメガの肛門はヒートが始まると女性の膣と同じように粘液で濡れるらしいが、自分のそこも濡れているのだろうか。

「……んん……っ」

執拗な口づけから逃れて、千歳はレスターの体を押しのけた。

あとになって振り返ると本当にどうかしていたとしか思えないのだが、自ら四つん這いになって尻を高く掲げる。

子供の頃、近所で見かけた雌猫と同じだ。大声で鳴きながら尻を振って雄猫を誘うさまは、千歳が知っている可愛くて人懐こい猫とあまりに違いすぎて衝撃を受けたが、おそらく今の自分もあんなふうに見えているのだろう……。

背後でレスターが、大きく息を吐き出した。

「初めてなのに、一丁前に誘いやがって」

言葉は辛辣なのに、楽しげで甘い口調だった。大きな手にがっちりと尻を摑まれ、息を呑む。

「怖がらなくていい。これはアルファとオメガが何万年も前から繰り返してきた行為で、俺たちが初めてってわけじゃないんだ」

「怖がってない、早く……っ！」

この堪え難い疼きを一刻も早く鎮めたい。その一心で、千歳は尻を突き出してレスターを挑発した。

「急かすな。まず慣らさないと」

レスターの指が、窄まった蕾の周囲をまさぐる。

触れられた場所が熱くて気持ちよくて、蕾がひくひくと蠢きながら綻んでゆく。

やがて指が蕾の中を確かめるように潜り込んできて、敏感な粘膜に触れた。レスターが指を動かすたびにくちゅくちゅといやらしい音がして、自分のそこがしっかり濡れているのがわか

る。

「もう大丈夫だから……っ」

何やら低く唸りながら、レスターが蕾に先端を宛てがうのがわかった。

濡れた粘膜同士がぬるりと滑る感触が生々しくて不快なのに、ぞくぞくするような快感も込み上げてくる。気持ち悪いのかいいのかわからず混乱している間に、レスターがぐいと亀頭を押し込んできた。

(ちょっと待って、大きすぎ……っ)

驚きのあまり、薄れかけていた意識が戻ってきた。

アルファは態度も体格も大きいが、どうやら性器のサイズも比例しているらしい。戸惑っている間にも、大きく笠を広げた亀頭が無遠慮に蕾を押し広げてゆく。

こんな大きなものが入るわけがない。頭ではそう思うのに、体は千歳の懸念などお構いなしにレスターにいやらしく絡みついている。

心と体がバラバラになりそうだった。いや、もうなっているのかもしれない。

こんなふうに有耶無耶の状態で抱かれるなんて嫌なのに、オメガの体は悦んでアルファを受け入れようとしており――。

(考えちゃだめだ、今はもう、何も考えずに身を任せるしか……っ)

千歳の葛藤は長くは続かなかった。レスターの肉厚な雁に肛道のある一点を擦られたとたん、目の前に火花が散って理性だとか分別だとかが木っ端微塵に砕け散ったのだ。

「ひゃああんっ！」

甲高い嬌声が、媚びるような甘ったるい響きを孕んでいた。いつのまにか勃起していたペニスから、精液が迸る。

恥ずかしいという気持ちは、もう残っていなかった。今の自分は分別のある人間ではなく、発情中の雌猫だ。与えられる快感を思う存分貪ればいい。

もっと擦って欲しくて、千歳ははしたなく尻を振ってレスターを奥へ誘い込んだ。

「煽るな、どうなっても知らんぞ……！」

「どうなってもいい、あっ、あ……っ、ふああ……っ！」

ずぶずぶに蕩けた蜜壺に、極太の硬い杭がずしんと突き立てられる。濡れた媚肉を押し広げる力強い質感に、官能のボルテージが一気に高まっていく。

「ひああっ！」

最奥を突き上げられ、全身にびりびりと衝撃が走った。

同時に体内に熱い飛沫がぶちまけられ、レスターの射精が始まったことを知る。

ヒート中のアルファの射精は二十分から三十分続くという。その間挿入したペニスが抜けないよう、根元に亀頭球と呼ばれるこぶ状の膨らみができるらしい。

（こんな状態が二十分も続くの……？）

初めて味わう、甘く痺れるような不思議な感覚。レスターと繋がった場所から生じる快感が、千歳から人格も思考もすべて奪い去っていく。

「うう……」

耳元でレスターが低く唸るのが聞こえた。耳を食まれ、くすぐったさに身を捩る。

やがて舌が首筋に下りてきて、千歳の中でオメガの本能が警告音を鳴り響かせた。何も考えられない状態だったが、無意識に手がうなじを押さえ、しっかりガードする。

「……ん……あ、ああっ」

レスターがゆるゆると腰を前後に動かし、振動が新たな快感をもたらした。意識は朦朧としているのに、体内に咥え込んだレスターの感触がはっきりと伝わってくる。

太さ、硬さ、長さ——そして何より千歳を懊悩させている、大きく鰓の張った亀頭。

肉厚の雁が媚肉を擦るたびに、ペニスが失禁したように精液を漏らしている。もしかしたらもう出し切って空っぽなのかもしれないが、レスターの射精が始まってからずっといきっぱなしの感覚が続いていた。

（ああもう、気持ちよくてどうにかなりそう……っ）

セックスがこれほど気持ちいい行為だとは思わなかった。

子供を作るためだけなら、この狂おしいほどの快感は必要ないはずだ。こんな全身が蕩けるような快感を経験してしまったら、子作り目的ではないときも何度もしたくなるではないか。

「あっ、だめ、またいく、いっちゃう……っ！」

「ああ、何度でも好きなだけいけ」

耳元で甘く囁かれ、千歳は快楽の大海原に身を投げ出した——。

7

けたたましい鳥の囀りに、千歳ははっと目を覚ました。

窓ガラスの向こうに木立が見えて、一瞬自分がどこにいるのかわからず動揺する。

数秒後、ここがエンジェルレイクリゾートのコテージで、大雨で道路が冠水したためやむを得ず泊まったことはすぐに思い出したが、その先の出来事については脳が思い出すことを拒否した。

（…………最悪）

思い出したくなくても、全身にまとわりつく倦怠感が昨夜の出来事を雄弁に物語っている。

なかったことにしたいが、そうはいかない。レスターが言っていたように、応急処置だと思えばいいのだが……。

（そういえばレスターは？）

がばっと起き上がり、周囲を見まわす。

広々とした主寝室にレスターの姿はなかった。今のうちに自分の部屋に戻ってシャワーを浴びようと、気怠い体をベッドから引き剝がして立ち上がる。

初めてのセックスでダメージを受けているのではと危惧したが、痛みで歩けないというほどではなかった。

ヒート状態に入ると、オメガの秘部はアルファを受け入れるために潤って伸縮するという。未熟な己の体も、ちゃんと機能してダメージを最小限に抑えてくれたようだ。

もうひとつの懸念、ヒートが始まると数日続くという点も、今のところその気配はまったくない。おそらく昨夜のヒートは例外中の例外で、抑制剤が効いた状態に戻ったのだろう。

自分の体を自分の意思でコントロールできていることが、こんなにありがたくて心強いとは。

(服はどこだ?)

床に落ちていたパジャマと下着を拾い、急いで身につける。朝までレスターの隣で全裸で寝ていたという事実からは目を背けることにして、千歳はよろよろと寝室のドアを開けた。

「……っ」

廊下の向こう、リビングからレスターの低い話し声が聞こえてくる。何を話しているのかまでは聞き取れないが、どうやら誰かと電話で話しているようだ。

見つからないうちに部屋に戻ろうと足音を忍ばせる。しかし寝室まであと一歩というところで、大股で現れたレスターに見つかってしまった。

「ああ、起きたのか」

寝起きでひどい有様の千歳とは対照的に、レスターはすっきりと身支度をしていた。今はまだレスターの顔を見ることができず、俯いて「ええ」と呟く。

「朝食のルームサービスを頼もうと思うんだが、卵は目玉焼き、スクランブル、オムレツ、どれにする?」

「えっと……オムレツで」

「了解。すぐには来ないだろうから、先にシャワーを浴びるといい」

レスターがくるりと踵を返し、千歳はその場に立ち尽くした。

もやもやした感情が湧きかけるが、昨夜のことを蒸し返されても困るだけだし、ここは何事もなかったような態度に感謝すべきだろう。

もたれかかるようにしてドアを開け、寝室に体を押し込む。

羞恥や自己嫌悪等々のネガティブな感情に当分の間悩まされるだろうが、いちばん気まずいレスターとの対面はとりあえずクリアできた。ハンナとの縁談も白紙になったし、今後レスターと関わることはないと願いたい。

バスルームのドアを閉めて鍵をかけ、千歳は盛大なため息をついた。


シャワーを終えて身支度をし、深呼吸してから寝室のドアを開ける。ちょうどルームサービスが来たところで、制服姿のスタッフがワゴンを押して入ってくるのが見えた。

「ありがとう。道路は復旧したかな？」

「まだですが、今朝うちのスタッフが確認に向かった際、水は引いていたそうです。倒木が道を塞いでますが、それも午前中には撤去されるかと」

「そうか、よかった」

「復旧しましたら、すぐにお知らせします」

　レスターとスタッフのやり取りが聞こえてきて、ほっと胸を撫で下ろす。もう一日足止めなんてことになったら、自腹を切って別の部屋を取るか、近隣のホテルかモーテルに移動しようと考えていたところだ。

　スタッフが出ていき、千歳は呼吸を整えてからダイニングルームへ向かった。

「ちょうどよかった。今朝食が来たところだ」

　軽く頷いて、レスターの向かいの席に掛ける。

　銀のドームカバーで覆われた卵料理の皿、彩り豊かなサラダとフルーツ、クロワッサンやデニッシュ、オレンジジュース——普段の朝食はオートミールと紅茶だけで済ませるのに、なぜか猛烈に食欲が湧いてきて、千歳はせっせと平らげていった。

「いい食べっぷりだ。ディナーのときとは大違いだな」

　カリカリに焼いたベーコンと目玉焼きを絡ませながら、レスターが感心したように呟く。

　そう言うレスターも旺盛な食欲を見せていた。ふたりとも、皿が空になるまでしばし無言で食事に集中する。

「ごちそうさまです」

　ナプキンを置いて立ち上がろうとすると、レスターから「ちょっと待った」とストップがかかった。

「なんです？」

昨夜の出来事を蒸し返されるのだろうかと身構える。

しかしレスターの口から飛び出したのは、予想外すぎる言葉だった。

「きみと結婚することに決めた」

レスターの言葉に目を瞬かせ、聞き間違いか自分の勘違いであることを心から願いつつ、平静を装って「今なんて?」と訊き返す。

「きみと結婚することにした、と言ったんだ」

大きく肩で息をついて、千歳は感情を静めようと試みた。

レスターと結婚なんてあり得ないが、それにしても「結婚して欲しい」とか「結婚してくれないか」ではなく「結婚することにした」という言い方はどうなのか。オメガに決定権はなく、すべてアルファが決めるのが当然といった態度に怒りが込み上げてくる。

千歳の葛藤などお構いなしに、いや、わかっていて面白がっているのか、レスターはやけに楽しそうな表情だ。

「……いったいどうしてそんな突拍子もない考えに至ったんです?」

感情を抑えて淡々と尋ねると、レスターが軽く肩をすくめた。

「これまで大勢のオメガと会ってきたが、きみの匂いがいちばん好みだから」

言い返そうと口を開くが、レスターが手で制して続ける。

「決め手は体の相性だ」

露骨な表現に、かっと頬が熱くなる。冷静さを保つ努力も、一瞬でレスターに叩き潰されてしまった。

「あなたは体の相性で結婚を決めるんですか⁉」

「他に何がある？　アルファとオメガの結婚の目的は子を作ることだ。体の相性がいいに越したことはない」

身も蓋もない言葉に、千歳は天井を仰ぎ見た。

まったく、アルファはどうしてこうなのだろう。

「お断りします。僕は子作りの道具じゃないし、結婚願望もありませんので」

勇気を振り絞り、正面からレスターの目を見据えて言い放つ。

結婚願望は、まったくないわけではない。アルファやオメガといった忌ま忌ましい性別に囚われず、愛情と信頼で結ばれた関係なら、結婚も悪くないかと思っている。

だが、レスターがそういうロマンティックな関係を望んでいないことは明白だ。愛のない結婚がどういう結末を迎えるかは想像に難くない。

灰色の瞳に感情は見えなかったが、レスターはふっと口元に笑みを浮かべた。

「悪い話じゃないと思うが？　俺と結婚すれば安泰だ。オメガが結婚せずに暮らしていくのは大変だと知ってるだろう？」

その言い草にカチンと来て、「嫌です」ときっぱりと撥ねつける。

レスターは気を悪くしたふうもなく、ゆったりと椅子の背にもたれて脚を組んだ。

「まあいい。俺たちの体の相性が最高だってことは事実だし、きみもいずれは受け入れざるを

得ないさ」

自信満々のセリフに、千歳は怒るよりも先に呆れてしまった。

――僕は最高だなんて言ってませんけど？

反抗的なセリフが喉まで出かかったが、ぐっと飲み込む。

そんなことを口にすれば墓穴を掘るのが目に見えている。今はこの腹立たしさを我慢してやり過ごすしかない。

テーブルに手をついて勢いよく立ち上がり、千歳はありったけの理性をかき集めてレスターを見下ろした。

「道路が復旧したら帰ります。縁組み支援プログラムを継続する場合はメールしてください。継続しない場合は連絡不要ですので」

8

最悪の週末が終わり、週が明けた快晴の月曜日。

職場の駐車場に車を停め、千歳は気合いを入れるように自分の膝を強く叩いた。

（大丈夫、アクシデントはあったけど、僕は何も変わってない！）

ひとつだけ気になっているのが、妊娠の可能性だ。

エンジェルレイクからの帰り道で妊娠検査薬を購入したものの、説明書を読むとオメガの場合は行為から一週間以上経過しないと判定できないらしい。服用している抑制剤は避妊効果が高いので大丈夫だろうとは思うが、万が一のことを考えてなかなか寝付けなかった。

子供は好きだが、欲しいと思ったことはない。というか、母親になった自分を想像したことがなかった。

考え抜いた末に、もし妊娠していたらそのときはそのとき、子供とふたりで暮らすのも悪くないかも、という心境にたどり着き……。

（結婚だけはあり得ない、絶対に）

愛のない結婚は破綻が目に見えている。だったら、最初から自分ひとりで愛情をたっぷり注いで育てたほうがいい。子供の名前や教育方針まであれこれ考えているうちに、気づいたら月曜日になっていた。

（完全に寝不足だな）

あくびを嚙み殺し、目を擦る。運転席に座ったままぼんやり固まっていると、向かいのスポーツカーにグレッチェンの白いスポーツカーがやってきて停車した。

「おはよう」

車から降りて声をかけると、グレッチェンが振り返る。

「おはよ。エンジェルレイクは雨で散々だったみたいね。道路が冠水して足止め食らったんだって？」

「うん。素敵な場所だったけど、雷雨で楽しむどころじゃなかったよ」

ハンナの件は、金曜日に施設長のノーマに報告済みだ。グレッチェンに伝わっているのかどうかわからないので無難に答える。

「ハンナのキャンセルは残念だったね。相手はあのダットン家の御曹司なのに、私だったら何が何でも食らいついちゃうんだけど」

「ノーマから聞いたんだ」

通用口の前でグレッチェンが立ち止まり、こちらに向き直った。

「そうじゃなくて、ハンナから事務室に電話がかかってきて、たまたま私が取ったのよ」

「そうなの？」

「ええ、お姉さんとも少し話した。穏やかで感じのいい人だったわ。しばらく預かるからハンナのことは心配しないでって」

「ハンナは僕と話したときかなり取り乱してたんだけど、どんな様子だった？」

「いつものハンナだったよ。お姉さんに会って落ち着いたんじゃない？　あなたに迷惑かけちゃったって気にしてたけど」

「落ち着いたんならよかった。同居トライアルを急ぎすぎたなって、僕も責任感じてたから」

「上手くいかないことだってあるよ」

　グレッチェンが微笑み、虹彩認証システムの前に立ってロックを解除する。

　事務室に入ると、千歳は空気を入れ換えるために窓を開けていった。パソコンの電源を入れて、さっそくたまったメールをチェックする。

　ざっと見たところ、レスターからのメールはなさそうだった。ひとまず安心し、優先度の高い順に返事を打っていく。

　メール処理に三十分ほど費やしたところで、グレッチェンがやってきた。

「千歳、先週あなた宛に送った書類、ミスがあったから削除しといてくれる？」

「どれ？　出張経費のやつ？」

「そう。あとで修正版を送るわ」

　言いながら、グレッチェンが背後からパソコンのモニターを覗き込む。無遠慮な視線からメールの文面を隠そうとマウスを操作したところで、ふいに首筋をつつかれた。

「えっ？　何？」

　驚いて振り返ると、グレッチェンがわざとらしく周囲を見まわして声を潜める。

「余計なお世話だけど、これは隠しておいたほうがいいよ」

グレッチェンに触れられた左耳の下辺りを手で探ると、肌にぴりっと痛みが走った。

それがなんなのかまったく心当たりがなかったが、グレッチェンのにやにや笑いでキスマーク的なものだと理解する。

「湖畔のリゾートでロマンティックな出会いがあったみたいね」

「え？　ああ……まあ」

曖昧に言葉を濁し、千歳はその部分を髪で隠そうと手櫛を繰り返した。

レスターとの一夜は突然の激しい嵐に飲み込まれたようなもので、記憶が断片的だ。言われてみれば、行為の最中に首筋を噛まれそうになって必死で抵抗したような気がする。

（……思い出した。うなじを噛まれないよう手で押さえてたら、耳の下に歯を立てられたんだ）

行為中にアルファがオメガのうなじを噛むことで、番が成立する。番になると互いに相手にしか欲情できなくなり、生涯唯一のパートナーとして過ごすことになるのだ。

あのときのレスターにそんなつもりはなく、熱に浮かされたような状態で勢いに任せて噛もうとしただけなのだろうが……。

「非難してるわけじゃないよ。誰にも言わないから安心して」

悪戯っぽくウィンクして、グレッチェンが軽やかに立ち去っていく。その背中を見送り、千歳は気持ちを落ち着かせようと息を吐いた。

（痕がついてること、言っといて欲しかったよ）

レスターのデリカシーのなさに憤りつつ、メールの返信作業に戻る。

絆創膏を貼ろうかとも思ったが、かえって目立ちそうだ。痕が消えるまで、誰かと話すときは背中を向けないように注意してやり過ごしたほうがいい。

目の前の仕事に集中しなくてはならないのに、どうにも気が散って進まなかった。

しばし逡巡したのち、立ち上がってノーマのオフィスへ向かう。ドアの前で呼吸を整えてノックすると、すぐに「どうぞ」と返ってきた。

「おはようございます。今ちょっといいですか？」

「ええ、座って」

デスクの前の椅子に浅く掛けると、ノーマが先に口火を切った。

「同居トライアルの件は残念だったわね」

「ええ、ハンナの性格的に、デートをすっ飛ばしていきなり同居トライアルというのは避けるべきだったと思ってます」

「あなたは悪くない。ダットン氏の申し出にＯＫを出したのは私だから。まあこういうこともあるわ」

「ダットン氏が縁組み支援プログラムを継続するかどうかわかりませんが、今後は彼の都合に振りまわされないようにします」

ノーマが声を立てて笑い、「ハンナから連絡は？」と尋ねる。

「土曜日にメールが来ました。お姉さんと映画を観に行ったそうで、リラックスして楽しんでる様子でした」

「そう、よかった。しばらくここを離れて外の空気に触れるのもいいかもね」

話が一段落したところで、千歳は居住まいを正した。

レスターにプロポーズされた件は、いずれノーマの耳にも入るだろう。レスターから伝わるよりは自分で報告したほうがいい。

「あの、ご相談したいことがあるんです」

硬い口調で切り出すと、ノーマが眉根を寄せた。

「もちろん。何か困りごと？」

「実はちょっと。僕がオメガであることがダットン氏にばれて、プロポーズされました」

言いづらい部分は省略して口にするが、それでもじわっと頬が熱くなる。

「ちょっと待って。どうしてばれたの？」

ノーマの質問に、千歳は視線を左右に揺らしつつ言葉を探した。

「それが……激しい雷雨で動揺してたのか、ヒートが来てしまったんです。もちろん抑制剤は飲んでました」

ノーマは千歳がここにたどり着いた十七歳のときから親身になって見守ってくれた人だ。同じオメガで人生の先輩でもあるノーマになら、恥ずかしい話も打ち明けられる。

「それでその……コテージにふたりきりだったので、そういうことになって」

俯いて、もごもごと告げる。多分顔が赤くなっているだろうが、口にしたことでほっとしている部分もあった。

ノーマが立ち上がり、千歳の隣の椅子に移動する。

「ヒートが来てしまったら、私たちにはもうどうしようもないもんね」

ぽんぽんと軽く肩を叩かれ、千歳は力なく微笑んだ。

本当にその通りだった。気持ちを強く持てば少しはコントロールできるのではないか、などと考えていた自分は、何もわかっていなかった。仕事で大勢のアルファと接しているので、免疫もついていると思っていたのに。

「レスターは応急処置のようなものだから気にするなと。僕も、特別な意味があるわけじゃないとわかってました。けど、翌朝になってレスターが急に僕と結婚すると言い出したんです」

「あなたのことが好きになった？」

「いえ、体の相性がよかったから、だそうです」

千歳の返事に、ノーマが天井を仰ぎ見た。

「まったく、アルファってのはどうしてこう……職場では悪態をつかないと決めてるから、これ以上は言わないけど。それで、あなたはなんて返事したの？」

「すぐにお断りしました。決定権はすべて自分にあると信じて疑ってない態度が、どうにも受け入れ難くて」

「それすごくわかる」

大きく頷いて、ノーマが「だけど」と続けた。

「抑制剤を服用しているのに発情してしまった、という点が気になるわね。これまで確実に効いてたのに、なぜかダットン氏とふたりきりのときに効かなくなった」

「たまたまです。実は少し前から体調が悪くなることがあって、今思えば、抑制剤の効きが悪くなってたのかなと」

　ノーマが千歳の顔をまじまじと見つめる。

「体調が悪くなり始めたのは、正確にはいつから？」

「五月です」

「ダットン氏と会う前？」

「いえ……会ってからですね」

　認めたくなくて、目をそらしていた事実。

　そう、自分も心のどこかで薄々気づいていたはずだ。あの体調不良はヒートの予兆で、初めてレスターに会った日から始まっていたことを。

「私は魂が引かれ合うとかそういう非科学的なお伽話は信じないんだけど、その人にだけなぜか体が反応するっていう生理的なレベルの番はあると思ってる。恋愛とか関係なく、互いの匂いにどうしようもなく惹きつけられるケースね。私と夫がそうだった」

　さらっと打ち明けられた事実に、千歳は驚いて目を見開いた。

　ノーマの夫とは何度か顔を合わせたことがある。仲睦まじい夫婦で、熱烈な大恋愛の末に結ばれたのだろうと思っていた。

「当時の抑制剤は今ほど精度が高くなかったけど、それでも夫に会うまではちゃんと効いていた。夫の第一印象は最悪で、二度と会いたくないと思ったくらい。それなのに、夫と顔を合わせるたびに薬が効かなくなっていくのがわかって」

ノーマが苦笑し、左手の薬指の結婚指輪に触れる。

「妊娠を機に結婚したんだけど、正直不安や後悔もあった。けど、一緒に暮らしていくうちにこの人こそ人生の伴侶だと気づいたの。これは言葉にするのが難しいんだけど、相性がいいとか馬が合うとかそういう感じ」

「そうだったんですか……」

「まあ私たちのケースが当て嵌まるとは限らないけどね。だけどあなたとダットン氏の間には何かある。それが何なのか、ふたりで考えてみてもいいんじゃない？」

ノーマの言葉に「ええ、そうですね」と生返事をして、千歳はオフィスをあとにした。

(僕とレスターの間にあったのは単なる性欲で、それ以上の意味はないと思うけど)

自分のデスクに戻り、スリープ状態にしていたパソコンを起ち上げる。新たに何通かメールが来ており、その中にレスターからのメールを見つけて心臓が跳ね上がった。

縁組み支援プログラムを継続するつもりだろうか。やめてくれと思いつつ、おそるおそるメールを開く。

『今週のどこかできみをディナーに誘いたいんだが、都合は？』

これは――一方的に日時を指定せず、こちらの都合を尋ねてくれるようになった点を評価すべきだろうか。

（いやいや、断られるなんて微塵も考えてなさそうな態度がアウト）

断りの返事を書きかけ、先ほどのノーマの言葉を思い出して手を止める。

レスターとの間に何かある……というか実際あったのは事実だ。あまり認めたくないが、彼に会って初めてヒートが来たことも事実。

けれど、たまたまタイミング的にそうなっただけではないかという気もしている。

年齢や体調の変化などで薬で抑制しきれなくなってきたところへ、偶然現れたのがレスターだったのでは？

目を閉じ、千歳はしばし考え込んだ。けれど考えて答えが出るわけでもなく、結局レスターに頭を占拠されているだけだと気づいて目を開ける。

『職員とクライアントの個人的な関わりは禁止されています。プライベートな内容のメールはご遠慮ください』

送信ボタンを押して、千歳は無理やりレスターを頭から追い出した。

ウォール街の高層ビルに、強い日差しが照りつけている。外はうんざりするような暑さだが、上層階を占めるダットン投資銀行のフロアは快適な温度が保たれていた。

M&Aアドバイザリー部ヴァイス・プレジデントのレスター・ダットンの個人オフィスも同様で、窓の向こうに広がる空が涼しげに見えるほどだ。

午後の会議に備えて資料を読んでいたレスターは、メールの着信音に顔を上げた。

この音はプライベート用のスマホの着信音だ。くるりと椅子を回転させ、キャビネットの上に置いたスマホを手に取る。

メールは千歳からの返信だった。

「ふん……なかなか手強いな」

文面の向こうに千歳のしかめ面が浮かび上がり、口元が緩んでしまう。

断られるであろうことは予想していた。無視せず律儀に——敢えて定型文的な返事を寄越すところが、なんとも千歳らしい。

立ち上がって窓辺に近づき、レスターは下界を見下ろした。

無数のビルに光が反射し、騒々しく活気に満ちた街を彩っている。ヘブンズブリッジにも、この強い日差しが降り注いでいるのだろうか。

森に囲まれた道、澄んだ空気——青々とした草の匂いが甦り、レスターは今すぐヘブンズブリッジに飛んで行きたくなった。

（いつから俺は田舎が好きになったんだ？）

——わかっている。目的はヘブンズブリッジではなく千歳だ。

別に彼にご執心というわけではない。自分はアルファで彼はオメガで、つい最近彼のヒートに居合わせてセックスした。それが極上の経験だったので、また会いたいと思うのはアルファとして当然の反応だろう。

初めて会ったとき、この男は自分の獲物だと確信した。

まずその匂いに惹かれ、繊細な美貌やすらりとした体つきにも大いにそそられた。

これまで結構な数のオメガに会ってきたが、あれほど好みの匂いは嗅いだことがない。

本人はオメガではないと言い張ったが、それが嘘であることは明らかだった。ベータだと偽るのは何か理由があるのだろうと、縁組み支援プログラムに参加するふりをして様子を見ることにし――。

同居トライアルを口実に誘い出したのは、はっきりと下心があってのことだ。コテージに何泊かすれば、ふたりきりになる機会があるはずだ、と。

普通に誘っても乗ってこないだろうから、ハンナを利用させてもらった。レスターの狙いは千歳ただひとりで、ハンナをはじめ施設のオメガたちにはまったく興味はない。おそらくハンナは、レスターの関心が自分に向いていないことに勘づいていたのだろう。彼女がコテージから逃げ出したことは、レスターにとって好都合だった。

目を閉じ、嵐の一夜に思いを馳せる。

抑制剤を服用していたにもかかわらず発情してしまったことに千歳はひどく狼狽えていたが、それは自分も同じだ。

オメガのヒートに誘われるたびに子作りしていたら、いろいろ面倒なことになる。結婚には慎重でいたかったし、そもそも自分が子供を望んでいるかどうかも定かでなかったので、思春期以降、オメガのフェロモンを遮断する薬を服用することにした。

これまで薬は確実に効いていた。ヒート中のオメガとセックスする羽目に陥ったことはなく、避妊を徹底して面倒を避けることができていた。

あの夜コテージで千歳が漂わせた濃密なフェロモンに、レスターは箍が外れるという感覚を初めて味わった。

あの夜の自分は発情した牡の獣だった。これまで経験したセックスとはまったく違い、本能のままに千歳の体内に押し入り、亀頭球を膨らませて子種をたっぷりと注ぎ込み――。

「…………」

下半身に熱が集まりそうになり、レスターは大きく息を吐いて悩ましい記憶を振り払った。

ヒート中のセックスの受精率はかなり高いという。確かにあの夜の自分は、千歳を抱くというより孕ませようとしていたと言ったほうが正しい。

（ま、千歳が妊娠したほうが俺にとっては好都合だな。子供ができたとなれば、オメガは結婚するしかないだろう）

ひとりで育てるとか言い出すかもしれないが、そうなれば弁護士を使って父親の権利を主張するまでのこと。どんな手を使っても、千歳を逃がす気はない。

あれほど相性のいい体は初めてだった。官能を直撃する匂い、なめらかな肌、ぞくぞくするような眼差し、耳に心地いいやわらかな声――。

オフィスのドアがノックされる音に、レスターははっと我に返った。千歳の残像をかき消そうと焦ったせいか、「どうぞ」という返事がぶっきらぼうになってしまう。

ドアを開けて入ってきたのは、ダットン・グローバルの最高経営責任者――レスターの父親でもあるエドワード・ダットンだった。

「アポなしで悪いな。ちょうどこっちに来る用があったんでね」

「ええ、構いませんよ。どうぞ」

応接用のソファに向かい合って座る。

ダットン・グローバルの本部は数年前にコネチカット州に移転し、マンハッタンに残っているのは投資銀行と不動産会社だけだ。移転を機に両親もコネチカットに移り住んだため、こうして顔を合わせる機会はあまり多くない。

「おまえも忙しいだろうから手短に。例の縁組み支援プログラムはどうなってる？　誰かいい相手は見つかったか？」

さっそく来たか、という心の声を押し隠して笑みを浮かべる。

「ええ、ひとり候補がいるんですが、向こうは結婚を望んでいないようで」

「だがオメガだろう？　結婚せずにどうやって生きていくんだ」

父のしかめ面を見て、レスターは己の態度を少々反省した。自分も父と同じようにオメガがひとりで生きていくなんて無理だろうと考えていたが、もしかしたらこういう考え方はもう古くさいのかもしれない。

「とりあえず一度うちに連れてこい。母さんもおまえの婚活がどうなってるのか心配してる」

「ええ、そのうち」

適当に相槌を打ってから、レスターは姿勢を正した。

父はアルファで、母も当然ながらオメガだ。離婚の多いアメリカで、両親はかなり上手くいっているほうだと思っている。

「父さんはどうやって伴侶を選んだんです？　母さんの他にもたくさん候補がいたんでしょう？」

父が「何を今更」と言いたげな表情でこちらを見やった。

「出会った瞬間にわかったんだ。この人と番になると」

「その話は何度も聞いてますけど、具体的には？」

「ひと目見て好ましく感じた。これはアルファやオメガに限らず、よくあるひと目惚れってやつだな。だが、決め手になったのは匂いだ」

「つまり……フェロモンってことですか」

父が肩をすくめてみせる。

「おまえも知っての通り、我々アルファはロマンティックな恋愛には向かない種族だ。伴侶は本能のままにフェロモンで選ぶ。俺たちは動物なんだよ。動物らしく、匂いで相手を嗅ぎ分ける。難しいことは考えずにそれでいいんじゃないかな。実際、長年連れ添ってみて俺の選択は間違ってなかったことが証明されたわけだし」

「それを聞いて安心しました。俺の選んだ相手は間違ってないと」

「そうか。なら早いとこその気にさせて番になれ。もたもたしてると他のアルファに持って行かれるぞ」

父が立ち上がり、「じゃあな」と言い置いてオフィスをあとにする。

仕事に戻ろうとして、レスターはふと手を止めた。

（確かに、呑気に構えずちょっと急いだほうがいいかもな）

なるべく早く千歳に会いに行こう。

そう考えて、レスターはさっそくスケジュールを調整することにした。

9

エンジェルレイクの嵐の一夜から十日目の、七月半ばの月曜日。

有休を取って朝一番で隣町のクリニックを訪れた千歳は、ほっとしつつも拍子抜けしたような気分で診察室をあとにした。

――妊娠はしていなかった。

妊娠検査薬で陰性だったので多分大丈夫だろうとは思っていたが、万が一の可能性も捨てきれず、この週末はやきもきしつつ過ごした。

医師の診断を受けてようやく一安心――と言いたいところだが、子供ができた場合の計画をあれこれ考えすぎたせいか、ほんの少しがっかりした気持ちもある。

（いや、これでよかったんだ。あのダットン家の御曹司の子供を宿したとなれば、いろいろ面倒なことになりそうだし）

レスターと結婚する気はない。ひとりで育てると言ってもレスターと関わらざるを得ないし、ダットン家も介入してくるだろう。

クリニックの駐車場に停めた車に乗り込み、エンジンをスタートさせる。せっかく隣町まで来たのでついでに買い物をしていこうと、千歳は町外れのショッピングモールへ向かった。

平日の午前中とあって、モールの駐車場はガラガラだった。まずは一階のコーヒーショップへ立ち寄り、アイスアメリカーノをテイクアウトして木陰のベンチに掛ける。

コーヒーを味わっていると、ベビーカーを押した女性が目の前を通り過ぎていった。母親のあとを追っていた三歳くらいの男の子が笑顔で手を振ってくれたので、千歳も微笑んで手を振り返す。

昔から千歳は子供に受けがいい。中性的で優しげな風貌が、子供に警戒心を抱かせないのだろう。

親子の後ろ姿を見送り、千歳は空を見上げた。

今回の一件でひとつだけよかったことがある。自分の中に〝子供を持つのも悪くないかも〟という気持ちが芽生えたことだ。

相変わらず結婚願望はないのだが、今はシングルでも子育てをするチャンスはある。

そのためには、まずは生活の基盤を固めなくてはならない。今の仕事は、給与面でやや不安がある。将来のことを考えたら、先延ばしにしていた大学への編入をなるべく早く実行したほうがいい。

（一生アルファに頼るような生活は、絶対したくないし）

千歳の母親はアルファである父に逆らえず、いつも顔色を窺っていた。母はことあるごとに『番の相手が決まればヒートも治まるし、普通に学校に行ったり働いたりできる。まずは結婚しなさい』と言っていたが、そんな母も結局父の家政婦状態だ。

そしてもうひとつ大事なこと、妊娠は計画的にコントロールしなくてはならない。

思いがけないアクシデントで妊娠するなどという事態は避けたいので、千歳は抑制剤が効かなかったことをドクターに相談した。

『あなたも知っての通り、抑制剤も絶対じゃない。効かない場合もある。抑制剤を上まわる強力なヒートが来たということでしょうね』

そう言って、母と同世代の女性ドクターは千歳をじっと見据えた。

彼女とは千歳がヘブンズブリッジハウスにたどり着いた十七歳のときからのつき合いで、千歳の体のことは本人よりもよく知っている。

『今回のヒートはたまたま訪れたわけじゃなく、そのアルファによって誘発されたものかもしれない。心当たりは？』

『……なくはないです。ええとその、彼に初めて会った頃から体調が悪くなって、ヒートの予兆だったのかなと』

歯切れ悪く答えると、ドクターが『この薬はもう効かないかも』と口にした。

『もっと強い抑制剤もあるけど、将来子供を産むつもりならあまりお勧めできない。もう散々聞かされてうんざりでしょうけど、特定のアルファと番になること以外に、オメガのヒートを確実に抑える方法はない』

『ええ……そうですよね』

『ここから先は、医者としての意見じゃなく私個人の考えだから聞き流してくれていいわ。番の相手に運命だとか魂の伴侶だとかを求める風潮が強いけど、割り切って条件のいい相手と番になるオメガもいる。それが悪いことだとは思わない。運命の相手を待ち続けても出会えるとは限らないし、結婚ってアルファやオメガに限らず契約的な側面があるし』

ドクターの言葉を反芻し、千歳は俯いて足元の芝生を見つめた。

軽く目を閉じ、レスターとの結婚生活を想像してみる。

まず間違いなく、毎日のように喧嘩になるだろう。レスターの命令口調やすべてにおいて主導権を握ろうとするやり方、傲岸不遜なアルファの性質を煮詰めて固めたような彼と、上手くやっていけるわけがない。

（形だけ結婚して、別々に暮らすっていうのはあり？）

しかし、アルファとオメガの番にセックスは不可避だ。番になったら、自分の体はレスターを求めてしまう。生涯レスターとしかセックスできない……のはまあいいとして、そういう関係が自分に耐えられるかどうか。

（……僕は結婚にロマンティックな夢を抱きすぎなんだろうな）

互いに愛し合って結ばれたいというのは、オメガには贅沢な夢なのだろうか。

施設のオメガたちの中にも、見合いではなくロマンス小説のようなドラマティックな出会いを求めている女性が少なからずいる。しかし成長とともに現実を突きつけられ、恋愛結婚は絵空事だと気づいて見合い相手の中から条件のいいアルファを選ぶようになる。

自分もいい加減、大人になったほうがいいのかもしれない。

（だけど……一緒に暮らしてるうちにレスターのことを好きになってしまったら？）

実はそれこそが、千歳がいちばん恐れていることだ。

レスターには腹も立つし自信満々の態度には苛々させられるが、これまで会ったアルファの中で最も魅力的であることは……認めたくないが認めざるを得ない。

万が一彼に恋心を抱いてしまった場合、自分は契約結婚に耐えられるだろうか。

番になれば生涯セックスの相手はお互いただひとりにはなるけれど、レスターにとって自分とのセックスはただの性欲解消で、他に誰か本当に愛する人ができたら？

（そういうの、絶対無理）

嫉妬や猜疑心、片想いの苦しみ――そういうどろどろした感情とは一生無縁でいたい。

カップに残ったコーヒーを飲み干して、勢いよく立ち上がる。近くのゴミ箱にカップと一緒に内心のもやもやした気持ちも捨てて、千歳は中庭を横切った。

「……っ」

衣料品店に入ろうとしたところで、ポケットの中でスマホの着信音が鳴り響く。画面を確認すると、なんともタイミングの悪いことに先ほどゴミ箱に捨てたレスターからだった。

無視しようかと思ったが、それも大人げない。どうせまたかかってくるし、いずれは出なくてはならないので、千歳は着信ボタンをタップした。

『今どこにいる？　施設に電話したら、今日は休みだって言われたんだが』

挨拶もなしに「今どこにいる？」と来たもんだ。

いろいろな感情を抑えつつ、千歳は「何かご用ですか」と訊き返した。

『今夜一緒にディナーでもどうかと思って』

低い声に耳をくすぐられ、ぐらりと心が揺れる。

慌てて揺れた心を立て直し、千歳は用意しておいたセリフを口にした。

「お断りします。僕に時間と労力を費やすより、別のお相手を探したほうがいいと思いますよ」

レスターが何か言う前に、「では失礼します」と言って通話を切る。

ついでにスマホの電源も切って、千歳はショッピングに集中することにした。


通勤用のワイシャツとネクタイ、セールになっていた麻のサマーセーター、ヘブンズブリッジでは手に入らない英国ブランドの紅茶や北欧のスモークオイルサーディンなどを買い込み、アパートに帰り着いたのが午後三時。

さっそく買ってきたサマーセーターを試着し、紅茶を淹れようと電気ケトルに水を入れたところで玄関のインターフォンが鳴らされた。

(誰……?)

通販で何か買った覚えはないし、知り合いが訪ねてくる予定もない。インターフォンの画面を見ると、男性の後ろ姿が映っていた。

日陰で不鮮明な上に、男性がカメラを塞ぐように背中を向けている。アパートの管理人か、あるいは別の部屋への訪問者がボタンを押し間違えたのかもしれないと思い、通話ボタンを押して「はい」と返事をする。

振り返った男性の顔を見て、思わず千歳は悪態をつきそうになってしまった。

『電話しても埒が明かないから来た。きみと話をしたい』

レスターが言い終わらないうちに、「いえ、話すことはありません」と遮る。

頭の中で「一度会ってきちんと話したほうがいいのでは？」という理性的な声も上がったが、今はまだ冷静に話せそうにない。

『いいのか？　きみがここを開けてくれるまで俺は居座るぞ。アパートの住人に不審者扱いされて通報されるだろうな。警察が来てきみも事情を訊かれ、面倒なことに……』

「わかりました、五分だけ。そこにいてください。僕がそっちに行きます」

インターフォンを切って、玄関へ急ぐ。ドアを施錠して階段を駆け下りながら、千歳は「まったく、アルファってのはどうしてこんなに自分勝手なの？」とぼやかずにいられなかった。

アパート内に招き入れたら、レスターに主導権を握られるのは目に見えている。エントランスなら人目もあるし、冷静に話し合うことができるだろう。

正面玄関の重い扉を押し開けると、レスターがアパートの前に停めた黒のベントレーに寄りかかって待ち構えていた。

「手短にお願いします」

視線を合わせないように、素っ気なく言い放つ。

仏頂面で取りつく島もない冷淡な空気を発しているというのに、レスターは笑みを浮かべてこちらへ歩み寄ってきた。

「……っ!」

思わず扉を閉めようとするが、閉まる直前で大きな手に阻まれてしまう。至近距離で灰色の瞳と視線がぶつかった瞬間、体の中心にぞくりと総毛立つような感覚が走った。

まずい。この感覚には覚えがある。あの嵐の夜の――。

レスターの匂いにくらりと目眩を感じ、よろめいたところで力強い腕に支えられたのは覚えている。はっと気づくと、千歳はいつのまにかベントレーの助手席に座らされていた。

驚いてドアを開けようとするが、ロックされているらしく開かない。

「ちょっと! 開けてくださいっ!」

半ばパニックになって、千歳は叫んだ。

運転席のレスターがちらりとこちらを見やり、珍しく困ったような表情を浮かべる。

「落ち着け。心配しなくても、いきなり押し倒したりしない」

「この状況で落ち着いていられると思います!?」

「ああ、きみが不安になってるのはわかってる。だがアルファとオメガが気を高ぶらせると、どういうことが起こるか想像がつくだろう?」

「…………」

確かに、この状況で興奮するのはまずい。その感情が怒りや不安であっても、自分の中の動物的な部分が性的な衝動だと勘違いしてしまいそうだ。

大きく息を吸って呼吸を整えていると、レスターがサングラスをかけてこちらに向き直った。

「少しだけつき合ってくれ。さっきも言ったように、話がしたいだけだ」

「わかりました。伺います。とりあえず降ろしてください」

千歳の要求に肩をすくめ、レスターが車のエンジンをかける。

「この先に公園があるだろう。そこで話そう。アパートの前で立ち話で済ませるような内容じゃないからな」

……確かに、ここでは住人の目が気になって話を聞くどころではない。

公園ならすぐ近くだし、開放感もある。何もかもレスターの意思で進んでいくことに反発を覚えつつ、千歳は渋々頷いた。

五分後、公園の駐車場にベントレーが停車する。素早くシートベルトを外して車から降り、振り返らずに大股で歩く。

公園内にはちらほら人影が見えた。池の畔のベンチで老夫婦がのんびりと景色を眺め、若い母親が芝生で子供たちを遊ばせている。

人目があるのはいいが、知り合いに会いませんようにと祈りつつ、千歳は大木の木陰で立ち止まった。振り返ると真後ろにレスターがいたので、驚いて一歩あとずさる。

「歩きながら話そう」

千歳の脇をすり抜け、レスターが遊歩道へ向かう。

大きな背中に一瞬気後れするが、母がいつも父の背後に付き従うようにして歩いていた姿を思い出し、急いで千歳はレスターの隣に並んだ。

「俺たちはお互いのことを知らなすぎる」

千歳を見下ろし、レスターが切り出す。

「そうですね。別に知る必要もなかったですから」

素っ気なく応じると、レスターが可笑しそうに笑った。

「俺は結構気が短いんだが、きみのその反抗的な物言いにはなぜか腹が立たない。必死で威嚇してる人馴れない子猫みたいだからな」

「僕はあなたのそういう高みから見下ろしているような態度にとてもむかつきます」

「いいね、その調子だ。この際思ってることを全部ぶちまけろ」

面白がっている様子にむっとし、口を噤む。けれどレスターが気にするはずもなく、さっそく質問タイムが始まった。

「なぜオメガであることを隠してるんだ？」

「男のオメガがどれだけ奇異の目で見られるか知ってます？」

質問に質問で返すのは好きではないが、ついつい突っかかってしまう。いっそのこと、レスターが腹を立てて帰ってくれたら楽なのだが。

「まあな。理由はそれだけ？」

「……僕は四人きょうだいの末っ子で、唯一のオメガです。アルファの兄たちは両親から期待されて育ち、オメガの僕は生まれてきたこと自体が期待外れで、家では常に疎外感を味わってました。そんな状況で自己肯定感なんか持てるはずもなく、僕自身も自分がオメガであることをまだ受け入れられなくて」

一気に吐き出し、大きく息をつく。

心の中に巣くっているどす黒い感情を口にしたのは初めてではない。ここ数年は封印しているが、ヘブンズブリッジハウスに来た当初、ノーマや一緒に生活していたオメガたちに悩みを打ち明けることにためらいはなかった。

アルファやベータに言っても理解してもらえないのはわかっている。だから、彼ら――特にアルファの前では、決して口にするまいと思っていたのに。

「だがきみはオメガだ。それを変えることはできない」

淡々と告げられ、苦笑する。

やはりアルファと話しても無駄だ。彼らにこの苦しみがわかるはずがない。

心のシャッターがガラガラと音を立てて閉まりかけたところで、レスターが振り返った。

「アルファに生まれついた俺には、何も葛藤がないと思うか？」

「ないとは言いませんけど、恵まれた立場の人の葛藤は僕には想像できませんね」

「ああ、俺もわかってくれとは言わない。だが、参考までに聞いておこうと思わないか？　アルファの弱音を聞く機会なんて滅多にないぞ」

とっておきの話を聞かせてやると言わんばかりの態度に呆れつつ、レスターの弱音にほんの少し興味をそそられる。けれど反応するのが悔しくて黙って歩いていると、レスターに顔を覗き込まれた。

「俺の両親もアルファとオメガで、俺は三人兄弟の真ん中だ。兄は将来有望な政治家、弟はNFLのスター選手、ふたりとも早くに結婚して子供がいる。華やかな兄弟と違って俺は地味な会社員だが、まあ世間的には成功している部類に入るだろう」

「ダットン家に生まれたというだけで充分勝ち組です」

勝ち組という言葉は好きではないので日頃は決して使わないのだが、敢えて口にする。

「きみだってLAの日系社会の名家の出身だろう？」

「調べたんですか？」

驚いて訊き返すと、レスターが軽く肩をすくめた。

「結婚相手の素性くらいは知っておきたいと思ってね」

「まだ結婚するって決まってませんけど」

「時間の問題だ」

「…………」

聞こえなかったふりをすることにして、千歳は歩くスピードを速めた。

「確かにダットン家に生まれた人生は恵まれていると思う。衣食住には困らないし教育に充分金をかけてもらえるし、欲しいものはだいたい手に入る。だが、ダットン家の人間として生きるには代償も必要だ」

「それは……そうでしょうね。名家の評判を落とすわけにはいかないでしょうし」

「きみの家はそうなのか？」

レスターに問い返され、千歳はちらりと彼を見やった。

「うちは日系ですから。先祖が苦労した分、何より世間体を重んじる風潮はありますね」

「なるほど。うちは他者からの視線にはわりと無頓着だな。昔から大きな顔でのさばって、世間にどう思われようがダットン家の流儀を押し通してきた。なんとも図々しくて厚かましい一族でね」

レスターの言い草に、つい笑ってしまう。すっかりレスターのペースに乗せられているのは癪だが、ここまで来たのだから最後までつき合うしかないだろう。

「では何が代償なんです？」

「ダットン家が何より重視しているのは一族の繁栄だ。うちは分家筋だが、本家は支配欲が強いのが揃っててね。アメリカだけじゃ物足りなくて世界征服するつもりなのか、ってくらい」

遊歩道を歩きながら、レスターが風で乱れた前髪をかき上げる。

その仕草にどきりとし、千歳はさりげなく視線をそらした。

「とにかく優秀なアルファの子を産めよ増やせよで、顔を合わせるたびに結婚はまだかと訊いてくる。言われるたびに繁殖牧場の種馬の気分になっちまう。俺の人生は子供を何人作るかで価値が決まるのか、と」

なるほど、アルファはアルファで家族や親族からの圧力があるのか。

オメガの自分も若いうちにたくさん子供を産んでおけと言われているので、レスターがうんざりする気持ちもわからなくはない。少し考えて、千歳は「強要されるのはきついですね」と当たり障りのないコメントを述べた。

　レスターが振り返り、口元に笑みを浮かべる。

「二十歳前後の頃は、ダットン家の型に嵌められることに抵抗もした。大学を休学してアフリカにボランティアに行ったり、バックパッカーとしてインドや中国を彷徨ったり。若造にありがちな自分探しってやつだな」

　——これには少々驚かされた。レスターみたいなタイプは、脇目も振らずにエリート街道をまっしぐらに駆け抜けてきたのだろうと思っていた。エリート養成コースから外れていた時期があったとは。

「あなたが貧乏旅行してる姿なんて想像できませんね」

「今度写真を見せてやろう。長髪に髭面、何日も風呂に入っていない、小汚くて最高にワイルドな俺の姿を」

　ぷっと噴き出し、慌てて千歳は表情を引き締めた。

　まったく、レスターの自己肯定感の高さには感心するばかりだ。

「二年ほどドロップアウトして、いろいろ気づかされた。どう足掻いても俺はダットン家に生まれたアルファで、それを受け入れるしかないんだと。仕事も、投資銀行を選んだのは貧困国の援助に携わりたいと思ったからだ。いずれは貧困層向けのマイクロファイナンス事業を起ち上げたいと思ってる」

「…………」

レスターのことを上流階級の世間知らずのお坊ちゃんだと思っていたが、認識を改めなくてはならないようだ。

彼は自分の中の葛藤と向き合い、折り合いをつけている。

自分はどうだろう。いまだにオメガであることを受け入れられなくて、じたばたともがいている。

「自己紹介が終わったところで、今度は俺がきみに質問していいかな」

「どうぞ。回答をパスさせていただく場合もあるかもしれませんが」

「俺と結婚したくない理由を教えてくれ」

いきなり直球が飛んできて、千歳は顔をしかめた。しばし考え、言葉を選びつつ答える。

「あなたと結婚したくないのではなく、誰とも結婚したくないいんです。誰かに人生を支配されるのはごめんなので」

「結婚イコール支配だと考えてるのか？」

「僕の両親はそうですね。オメガの母はアルファの父に傅くように暮らしてます。ああはなりたくない」

「まあ今の仕事を続ければ、きみひとりでも生きていけるだろうな。それとも、将来的に何か計画があるのか？」

話すかどうか一瞬迷ったが、隠すことでもあるまい。池の水面に目を向け、千歳は「小学校の教師になりたいと思っています」と答えた。

「コミュニティカレッジを修了した段階で州立大へ編入する道もあったんですが、当時はヘブンズブリッジを離れることにためらいがあって。けど、そろそろ一歩踏み出そうかなと」

「小学校の教師か。ということは、子供が苦手ってわけじゃないんだな」

「子供は好きですよ。子供が欲しいと思ったことはなかったですけど」

「俺も親になる自分が想像できない」

「お互い結婚に向いてないですね。アルファとオメガの結婚に子供は付きものですから」

千歳の言葉に、レスターが苦笑しつつ振り返った。

「いや、正確には、つい最近まで親になる自分が想像できなかった、だな。エンジェルレイクの一夜のあと、きみとの間に子供ができていたらどう育てようかずっと考えていた」

「……っ」

不意打ちであの夜の出来事を蒸し返され、かっと頬が熱くなる。

同時に、レスターも自分と同じように子供について考えていたことを知って、胸の辺りもじわっと熱くなった。

池の畔で立ち止まり、レスターがサングラスを外してこちらへ向き直る。

「正直に言う。自分の子供について考えたのは初めてだ。というのも、ヒート中のオメガとセックスしたのは初めてだったから」

いつも自信満々のレスターの、初めて見る表情。

もしかしてこれは、〝決まり悪そうな〟とか〝照れくさそうな〟といった部類の表情だろうか。

「そ……そうだったんですね」

「ああ、そうなんだ」

灰色の瞳と視線が絡み合い、レスターが間合いを詰めてくる。

あとずさろうにも体が石のように固まって動かない。レスターと見つめ合いながら、ただ立ち尽くすしかなくて――。

(あ……まずいかも……っ)

体の芯に這い上がってきた熱に、千歳はぶるっと背筋を震わせた。

ドクターの言った通り、この抑制剤はもう効かなくなっている。それは仕方ないとして、公園でヒートが起きるのはかなりまずいのではないか。

「待って！　待ってよ！」

ふいに遊歩道の向こうから幼い男の子がふたり走ってきて、千歳は我に返った。

三歳と五歳くらいの兄弟だろうか。追いかけっこに夢中のふたりは、千歳とレスターが目に入らないのかこちらへ突進してくる。

「危ない！」

千歳が叫んだと同時に、幼いほうの男の子がレスターの脚にぶつかって転んだ。

「大丈夫か？」

　レスターが屈み、手を伸ばして男の子を助け起こす。

　転んでも泣かなかった男の子が、レスターの顔を見上げたとたん、わっと泣き出した。

「どこか痛いの？　大丈夫？」

　慌ててしゃがんで、千歳は子供に怪我がないか素早くチェックした。幸い怪我はないようだが、助けを求めるように千歳にしがみついてくる。

「どうしたの？　びっくりしちゃった？」

「……おじさん怖い」

　子供の言葉に、レスターと顔を見合わせる。思わずぷっと噴き出し、千歳は男の子の背中を優しくさすった。

「大丈夫、このおじさんは怖くないよ」

「ちょっと待て。俺のことが怖くて泣いたのか？　きみを助け起こした紳士なのに？」

　心配そうに成り行きを見守っていた兄が、おそるおそるといった様子で近づいてきて泣いている弟の肩に手を置く。

「おじさん怖いよ。悪い人みたいだもん」

　子供の素直な感想に、レスターが声を立てて笑った。途中からわざと悪役っぽく大袈裟に笑ってみせたものだから、弟のほうがますます怯えて千歳にしがみつく。

「もう、子供をからかうのはやめてください。大丈夫だよ、このおじさんは見た目はちょっと怖いけど、悪い人じゃないから」

「ほんとに？」

兄が疑わしげな目つきでレスターを見やった。

「参考までに訊きたい。俺のどこが悪い人っぽく見えるんだ？」

「顔」

子供の即答に、レスターが「忌憚のないご意見をどうも」と眉根を寄せる。

「タッカー！　マイキー！」

母親らしき女性が、兄弟の名前を呼びながら捜しにやってきた。千歳とレスターが兄弟と一緒にいるのを見て、ぎょっとしたように表情を強ばらせる。

こういう場合、誘拐や悪戯を疑うのは幼い子を持つ母親として当然の反応だろう。弟が「ママ！」と叫びながら一目散に母親のもとへ駆け寄ったので、険悪な空気は一段と色濃くなった。

「タッカーがあのおじさんにぶつかったんだよ。おじさん悪い人に見えるけど、悪い人じゃないんだって」

兄が取りなすが、母親の表情は硬いままだった。それでも「すみません、失礼しました」と言って、兄弟の手を引いてそそくさと立ち去っていく。

「もう少しで通報されそうな雰囲気だったな。俺はそんなに怪しげに見えるか？」

「状況によりますね。マンハッタンなら違和感ないですけど、田舎町の公園で高級ブランドの服にぴかぴかの革靴はちょっと不自然です」

「なるほど。子供には顔が怖いって言われたし、ここじゃ不審者扱いか」

「それはまあ……あなたは子供受けする雰囲気じゃないですから」

　アルファの中には柔和な雰囲気を醸し出せる人もいるが、レスターはそうではない。それとも、いつかレスターも我が子を腕に抱くときは、慈愛に満ちたやわらかな表情を浮かべるのだろうか。

「その点、きみは子供受けするみたいだな」

「ええ、僕は子供に好かれるんです」

　千歳の言い分を確かめるように、レスターが目を眇めるようにしてこちらを見下ろした。

「俺は子供が苦手ってわけじゃないんだが、正直よくわからん。どう扱えばいいのか、いつも戸惑う」

「僕だってわかりませんよ。でも自分の子供時代を思い出して、この人は信頼できると感じていた大人をお手本にするんです」

「なるほど、そう考えればいいのか。じゃあ子供のご機嫌を伺うのはだめだな。俺はそういう大人が大嫌いだったから」

「僕は古くさい価値観を押しつけてくる祖母が苦手でしたね。あれはだめこれもだめって、一緒にいると息が詰まりそうでした」

　話しながら歩いているうちに、いつのまにか池を一周して元の地点に戻っていた。日も傾きかけているし、そろそろお開きにして帰りたい。

　一方で、もう少し一緒にいたいような、名残惜しいような気持ちも込み上げてきて……。

（いやいや、これ以上一緒にいるのは危険だ）

先ほどヒートの予兆めいた感覚に襲われたことを思い出し、「帰ります」と告げる。

「ディナーはつき合ってくれないのか」

「今日は話をするだけって言ってませんでした？」

「わかった、じゃあディナーはまた日を改めて」

いつもの自信満々の笑みを浮かべ、レスターが助手席のドアを恭しげに開けてくれた。

無言で乗り込み、これ以上レスターに踏み込まれないよう心にバリケードを張り巡らせる。

アパートに着くまでの約五分、千歳は運転席のレスターを意識しないように必死で努力した。

10

金曜日の午後二時。ヘブンズブリッジハウスのオフィスで、千歳は眉根を寄せながら受話器を耳から遠ざけていた。

電話の向こうで、有名企業の役員だという男性が延々ご高説を垂れている。

曰く、息子の縁組み支援プログラムを申し込んだのに受理されないのは納得できない。未成年者なので規則通りお断りしたのだが、ごねれば自分の要求が通ると思っているのだろう。

こういう場合、下手に遮ると余計に長引いてしまう。相手にひと通りしゃべらせてから、千歳は丁寧かつ毅然とした口調で言葉を返した。

「縁組み支援プログラムの規約にあります通り、未成年者の申し込みは受け付けていないんです。息子さんが十八歳になってから、改めてお申し込みください」

『何も今すぐ結婚させろって言ってるわけじゃない。今のうちに時間をかけて相手を見極めて、成人になったら速やかに結婚できるよう準備しておきたいだけだ』

「申し訳ありませんが、当施設では例外を認めておりません」

男性はまだ何かまくし立てていたが、千歳は「失礼します」と通話を切った。十五分もわがままアルファの自分勝手な主張を聞いてあげたのだから、もう充分だろう。

「まったく、どうしてアルファって自分は特別扱いされて当然って思ってるの？」

独りごちて、次回の対面会の準備作業に戻る。頭を悩ませつつアルファとオメガの組み合わせをパソコンに打ち込んで、卓上カレンダーに目をやった。

エンジェルレイクの一夜から、今日で二週間になる。ハンナはまだ施設に帰ってこないが、元気にしているだろうか。

先週ハンナの携帯に電話をしたところ、姉のクロエが出て少し話をした。

『ごめんなさい、ハンナは携帯を忘れて出かけちゃったみたいで。帰ったら電話するよう言っておくわ』

折り返しの電話はなく、夜になってハンナからメールが届いた。

元気でやっていること。姉に連れられて地元の教会に顔を出し、歓迎されたこと。施設を出て姉と一緒に暮らそうかと考えていること。

ハンナが新たな世界に踏み出そうとしていることを嬉しく思い、千歳は『楽しく過ごしているようで安心しました。いずれにしても一度施設に帰ってきてくれる？　今後のことを話しましょう』と返信した。翌朝ハンナから『荷物の整理もあるので近々そっちに戻ります』と短いメッセージが届いたのが最後。

何度も帰ってこいと催促すると、ハンナは負担に感じるかもしれない。新たな世界に飛び立とうとしているとき、古巣のしがらみというのは少々鬱陶しく感じるものだ。

（電話をかけてこないのも、今は僕やノーマと話したくないってことなのかもな）

小さくため息をつき、対面会の組み合わせをプリントアウトする。コーヒーを淹れようと席を立ったところで、オフィスのドアがばたんと開いた。

ドアを開けたのはノーマだった。ノックもせずに急にドアを開けるなんて珍しい。

「どうかしました？」

「今ブレンダから電話があって、ショッピングモールでポピーとデイジーがいなくなったって」

「え……っ」

いなくなったという言葉に、さっと血の気が引いていく。

ポピーとデイジーは一年前に施設にやってきた双子の姉妹で、十四歳という年齢、すらりとした肢体に目を引く美貌で注目されることが多く、これまでにもいろいろトラブルがあったのだ。

「ちょっと待ってください、ショッピングモール？　今日行く予定でしたっけ？」

夏休み期間中だが、施設では未成年者だけでの外出は禁止されている。なので買い物などはあらかじめ日にちを決めて、職員がマイクロバスで引率するのが習わしだ。

「ええ、ポピーとデイジーを含めて八人。ブレンダとグレッチェンが付き添ってたんだけど、気づいたら双子の姿が見えなくなっていたと」

「警察には？」

「さっきブレンダが通報した。私も今からモールへ行く。連絡係としてキャシーに残ってもらうから、あなたは一緒に来て」

「はいっ」

急いでパソコンの電源を落とし、スマホや財布をポケットに突っ込む。三分後、千歳はノーマの運転する車の助手席に収まっていた。

「……誘拐だと思います?」

車が発進してから、おそるおそる尋ねる。

視線を前に向けたまま、ノーマが硬い表情で頷いた。

「あの子たちは迷子になるような年齢じゃない。最近は情緒も安定してたし、他の子たちとも上手くやっていたから逃げ出すとは思えない」

「母親は今どこに?」

「真っ先に確認したけど、フロリダのリハビリ施設にいた。母親の指示で誰かが双子を攫った可能性も考えて、向こうの警察が動いてくれるって」

ここに来るまで、双子の姉妹は劣悪な環境で育ってきた。シングルマザーの母親は元々アルコール依存症で、失業をきっかけに双子に暴力を振るうようになったのだ。双子は地元の児童養護施設に引き取られ、その後オメガであることが判明してヘブンズブリッジハウスへ。

一年前に施設にやってきたとき、ふたりは怯えて心を閉ざした状態だった。ようやく皆と打ち解け始めた頃に施設に母親が押しかけてきて一悶着あり、ノーマがリハビリ施設への入所を手配し……。

交差点の手前で赤信号になる。隣町のショッピングモールまで車で約三十分かかるので、千歳はもどかしい思いで信号を見つめた。

「買い物中に誰かに目を付けられたんでしょうか。あのふたりは目立つから」

「中学校の同級生からも執拗なアプローチを受けていたようだし、先月ブレンダがふたりを歯医者に連れて行った際、中年の男から声をかけられたらしい。ただでさえ子供を狙う変質者が多いのに、一卵性双生児であのルックスだからね」

信号が青に変わり、ノーマが車を急発進させる。日頃は冷静沈着なノーマも、相当気が動転しているらしい。

どうかふたりが無事でありますようにと願いつつ、千歳はシートベルトを握り締めた。


ショッピングモールに到着すると、先日千歳が訪れたときとは打って変わって物々しい空気に覆われていた。

未成年者の失踪とあって、地元の警察も早急に動いてくれたようだ。駐車場の入り口が封鎖されており、制服姿の警察官が何も知らずにやってきた客に向かって「入れないので引き返してください」と声を張り上げている。

「ヘブンズブリッジハウスの施設長です」

窓を開けてノーマが告げると、警察官が「どうぞ」と中に入れてくれた。

「車はそこに停めてください。正面エントランスに関係者が待機してます」

「ありがとう」

店の前に斜めに停まった車から降りて、ノーマとともに慌ただしくエントランスへ向かう。

吹き抜けのロビーのベンチに、ブレンダとグレッチェン、施設のオメガたち六人が不安そうな表情で身を寄せ合っていた。

「ノーマ……」

ブレンダが憔悴しきった表情で立ち上がる。

「大丈夫、きっと見つかる」

ブレンダが謝る前に、ノーマはそう言いながら彼女を抱き締めた。

「ヘブンズブリッジハウスのかた？」

私服の刑事らしき女性が険しい表情で近づいてくる。

「はい、施設長のスワンソンと、彼は職員のタカトリです」

「担当のパウエルです。現段階ではまだ誘拐と確定したわけではなく、自主的な失踪や事故の可能性も考慮して捜索中です」

「モール内の防犯カメラは？」

ノーマが急き込んで尋ねると、パウエル刑事が「それも今精査中です」と答えた。

「まず出入り口のカメラをチェックしましたが、十二時四十五分にヘブンズブリッジハウスの職員と入居者たちが一緒に正面エントランスから入店。このときは尾行者など不審な人物は見当たりませんでした。ここで二手のグループに分かれて、双子は職員のグレッチェン・ボウマンと行動をともにしてます。グレッチェンが双子がいないことに気づいたのが十三時三十分頃、店内を捜し、見つからないので警備員に協力を求めたのが十四時」

「いなくなってから三十分も通報しなかったの？」

ノーマが驚いたように声を上げ、グレッチェンが申し訳なさそうに項垂れた。

「すみません、最初はトイレにでも行ったのかと思って、あまり深刻に捉えてなくて……」

「警備員が直ちに警察に通報し、館内を封鎖。駐車場やバックヤードを含めた敷地内を一斉に捜索して、今は捜索範囲を広げているところです」

「ふたりがモールから出て行った映像はないんですよね？」

千歳が尋ねると、パウエルが頷く。

「客用の出入り口、従業員用の出入り口、すべてチェックしましたが双子は映ってません」

「じゃあふたりはまだ館内に留まっている可能性も？」

ノーマの質問に、パウエルが曖昧に頷いた。

「変装して出て行ったか、あるいはスーツケースや段ボール箱などに入れられて運び出された可能性も」

刑事が淡々と告げる事実に、千歳は目の前が暗くなるのを感じた。最悪の予想が当たらなければいいのだが、どうしても最悪の事態が脳裏にちらつき――。

「千歳、大丈夫？」

よろめいたところをノーマに支えられ、千歳ははっと我に返った。

「顔色が真っ青よ。座ったほうがいい」

「は、はい」

情けないが、気分が悪くて立っていられそうになかった。千歳の様子に気づいたブレンダが駆け寄ってきて、ベンチまで誘導してくれる。

刑事とノーマもやってきて、向かいの席に腰を下ろした。

「まだ誘拐と決まったわけではありませんが、これだけ館内を捜して見つからないので連れ出された可能性が高いと考えています。皆さんに犯人の心当たりをお訊きしたいのですが」

「ポピーとデイジーは以前から男性に目を付けられることが多くて、最近も歯医者の待合室で中年男性に声をかけられました。私が気づいて遮ると引き下がりましたが、その後も双子を凝視していて……」

「その歯科医院と日時を教えてください」

ブレンダから聴き取った情報を書き取り、パウエルが傍の警察官に手渡す。

「他には？　先ほどは双子に恋人はいないと言ってましたが、一方的に想いを寄せているような人物は？」

「ポピーが中学校の同級生に交際を申し込まれ、断ってもしつこく言い寄ってくると言うので私がスクールカウンセラーに相談に行きました。いったんそれで収まったんですけど、その少年が今度はデイジーに言い寄るようになって、その子の両親を呼び出す羽目になりました」

「その子の名前を書いてください。他にも双子に好意を持っている生徒、過去に恋愛絡みのトラブルのあった生徒も」

渡されたメモ用紙に、ブレンダが名前を書いていく。

「もしかしたら友達に会いに行ったのかも」

ふいにグレッチェンが、思い出したように呟いた。

「友達？　男の子ですか？」

「いいえ、女の子です。ネットで知り合った子で、確かこの町に住んでるはず」

「ちょっと待って、どうしてあなたが知ってるの？」

ノーマに遮られ、グレッチェンが軽く肩をすくめる。

「こないだ私が学校に迎えに行ったときだったかな。ふたりが夢中になってるアイドルがいるでしょう。新曲が出たときSNSでファンの子たちと盛り上がったって言ってて。その中に隣町に住んでる同い年のファンがいるらしくて、一度会ってみたいって言ってたの」

「あの子たちはスマホを持ってないのに？」

「学校のパソコンルームでアカウントを作ったみたいです」

「SNSは禁止だって、あれほど言ったのに」

ブレンダが呻き、両手で顔を覆う。

「どうして報告しなかったの？」

ノーマに詰問され、グレッチェンが意外そうに目を見開いた。

「えっ？　だって相手は女の子だし、アイドルファン同士でやり取りするくらいは問題ないと思って……」

「女の子に成りすました小児性愛者の可能性もあるのよ」

声を荒らげたりはしなかったが、ノーマの声には怒りと苛立ちが滲み出ていた。

「学校のパソコンの使用履歴を調べます」

刑事がくるりと背中を向け、どこかに電話をかける。ＩＴスキルのある捜査官を応援に寄越して欲しいと言っているのが聞こえた。

「ごめんなさい……だってまさか……」

ようやく事の重大さを理解したらしく、グレッチェンが青ざめた表情で呟く。慰めの言葉をかけるべきだろうが、今の千歳に心の余裕は残っていなかった。

（まだ誘拐と決まったわけじゃない。内緒で友達に会いに行っただけで、ＳＮＳで知り合った子は本当に同い年の無害な女の子かもしれないんだし）

なぜ内緒で会いに行ったか？　禁止されているＳＮＳを通じて知り合ったから。

そう考えれば、双子の行動も理解できる気がする。

けど、それならどうしてふたりの姿が出入り口に映っていないのか――。

はっと顔を上げ、千歳は刑事の姿を捜した。ロビーの隅でパウエル刑事が部下に何やら指示している姿が目に入り、足をもつれさせながら駆け寄る。

「あの、すみません！　先ほど出入り口のカメラはすべてチェックしたとおっしゃいましたよね？」

「ええ、複数回見て、双子が変装した姿や大きな荷物を持った人がいないか確認した」

「荷物の搬入口は？」

「業務用の？　従業員の通用口の横だから、それもチェック済みよ」

「そうじゃなくて、出入りした人間じゃなくて、搬出された荷物です」

パウエルがさっと顔色を変え、部下が手にしていたタブレットを奪い取る。双子の姿が見えなくなった十三時三十分から搬入口の映像を早送りし、あっと声を上げて一時停止した。

タイムスタンプは十三時四十六分。キャップを目深に被った作業着姿の男性が、台車を押している姿が映り込む。

天井付近からの角度なので、キャップのつばに隠れて顔は見えない。男は大型の段ボール箱を台車ごとトラックの荷台に積み込むと、運転席へと急いだ。

トラックが発車し、そこで映像が見切れる。パウエルが大声で「集まって！」と部下を呼び寄せた。

「アンバーアラートを発令する。双子は段ボール箱に入れられてトラックで搬出された可能性が高い。巡査長、ナンバーと車種、運転手の風貌を本部に連絡して、署に引きあげて交通監視カメラの分析に取りかかって。あなたは周辺の町に応援要請を出して、主要道路の検問の指揮を」

てきぱきと指示を出し、部下がそれぞれの任務へと急ぐ。

「あなたがたは入居者を連れていったん施設へお帰りください。何か進展がありましたらお知らせします」

そう言い置いて、パウエル刑事は風のように去って行った。

ヘブンズブリッジハウスの会議室で、千歳とグレッチェンは無言でテレビの画面を見つめていた。

キャスターが天気予報を伝えているが、画面の大半を隠すように大きなテロップが表示されている。アンバーアラート——未成年者の行方不明及び誘拐事件を知らせる緊急速報のテロップだ。

ポピーとデイジーの写真と年齢や特徴、ふたりをショッピングモールから連れ去ったと思われる人物の特徴と服装、誘拐に使われたと思しきトラックの車種、ナンバー。

ヘブンズブリッジと周辺の町を結ぶ道路は一本しかない。テレビやラジオ、道路の電光掲示板にも表示されているので、すぐに見つかるだろうと思っていた。

しかし、時刻はまもなく午後七時になろうとしている。

ちらりと横を見ると、グレッチェンが頭を抱えて苦しげな表情を浮かべていた。

「私のせいだわ、私がふたりから目を離さなければ……」

もう何度目になるかわからない自責の言葉に、「今は無事に見つかることを祈ろう」と声をかける。

——ショッピングモールに到着した直後に、オメガたちのグループは二手に分かれた。ブレンダが率いるグループは雑貨店へ、グレッチェンが率いるグループは衣料品店へ。

衣料品店に行ったのは双子と高校生の三人、それぞれ服を選んだり試着室へ行ったり、その様子は店内の防犯カメラにも映っていた。

そして、カメラの映像からグレッチェンも少女たちと一緒になって服を試着していたことがわかり……。

『ごめんなさい、気が緩んでいたとしか』

職員は付き添いに徹し、オメガたちから目を離さないよう指導されている。悄然と項垂れるグレッチェンに、ノーマは淡々と『次から気をつけてちょうだい』とだけ告げたが、その表情には怒りが漲っていた。

グレッチェンへの怒りではなく、彼女にオメガたちの引率を任せてしまった自分への怒りだろう。本来経理担当の職員に付き添いを任せるべきではないのだが、入居者が多くどうしても手が足りないので、例外が常態化してしまっている。

（職員があとひとり増えてくれたら、だいぶ助かるんだけど）

ニュースの画面は、いつのまにか環境汚染問題のリポートになっていた。環境汚染に無関心なわけではないが、双子が無事見つかって救出されたという速報を待つ身には、他のニュースはどれも耳を素通りしてしまう。

「千歳、グレッチェン」

廊下を通りかかったノーマが、ドアから顔を覗かせた。

「今夜は私が残るから、ふたりとも帰宅して明日に備えてちょうだい」

「え、でも……」

千歳が言いかけた言葉を、ノーマが手で制して遮る。

「今私たちにできることはない。捜索は警察に任せて、私たちはここにいるオメガたちの生活を守らないと。そのためには睡眠と休息が必要でしょう。さあ、帰って。休日出勤になって悪いけど、明日は九時頃までに出てきてちょうだい」

「わかりました。ではお言葉に甘えて」

千歳が率先して帰らないとグレッチェンが帰れないので、テレビを消して立ち上がる。

駐車場でグレッチェンと別れ、愛車に乗り込んだところで、スマホの着信音が鳴り始めた。

(双子が見つかった!?)

急いでバッグの中からスマホを取り出す。

電話はレスターからだった。迷ったのはほんの一瞬、通話ボタンをタップする。

『やあ、もう仕事は終わったか?』

「ええ、今帰るところです」

『ちょうどよかった。晩飯一緒に食おう』

「今から？　あなたマンハッタンですよね？」

電話の向こうで、レスターが得意げに笑うのが聞こえた。

『きみのアパートの前にいる。仕事でオールバニに来たから、ヘブンズブリッジに寄ったんだ』

「アポなしでいきなり？　断られる確率が高いんじゃないかとか思わなかったんですか？」

『きみの場合、あらかじめディナーに誘ったら断るだろう？　アポなしでいきなり来たほうが勝算ありと見てるんだが』

レスターの自信満々なセリフに、思わず笑ってしまう。

いつものように素っ気なく断ろうとしたが、こんな日はひとりで冷凍ピザを食べるより、誰かと他愛のないおしゃべりをしながら食事したほうがいい気がして思いとどまる。それが少々むかつく相手であっても、だ。

（ひとりでいると、考え事が悪いほうへ悪いほうへいっちゃうし）

ポピーとデイジーが行方不明になっているときにレスターと会うのは気が引けるが、これはデートではなく職務の一環だと考えることにした。

「わかりました。ただし、僕の部屋はだめです。どこか外で落ち合いましょう」

『そう言うと思って、ヘブンズブリッジホテルのレストランを予約しておいた』

「ほんとに用意周到ですね」

『有能なビジネスマンだからな。じゃあホテルで。ああ、部屋に連れ込もうなんて考えてないから安心しろ』

「当たり前です」

電話を切ってから、千歳は自分が笑っていることに気づいた。笑っている場合ではないのだが、夕方からずっと緊張と不安で強ばっていた筋肉が少し解れた気がする。

シートに座り直してエンジンをかけ、千歳はアパートと反対方向の道へ向かった。

ホテルに着いて車のエンジンを切ったところで、見慣れた黒いベントレーが駐車場に入ってくるのが見えた。レスターも気づいたらしく、千歳の隣に車を停める。

互いに車に乗ったまま目を見かわし——それがひどく親密な行為のように思えて、慌てて千歳は目をそらした。

「待たせたかな」

「いえ、僕も今着いたところです」

「行こうか」

「あ、ちょっと待ってください」

ホテルに向かいかけたレスターを呼び止め、声を潜める。

「この町で双子の姉妹が行方不明になった事件、ご存じですか?」

「ああ、ニュースで見た」

「実は、うちの施設の子たちなんです」

レスターが立ち止まり、千歳の顔をまじまじと見つめた。

双子がオメガであることは、現段階では伏せられている。十四歳のオメガの姉妹が行方不明になったとなれば、報道が過熱するのが目に見えているからだ。

「これはオフレコでお願いします」

「もちろんだ。ショッピングモールで誘拐されたと聞いたが、犯人の目星は付いてるのか？」

力なく首を横に振って、千歳はホテルの建物を見上げた。

「施設長は今僕たちにできることはないから明日に備えて休みなさいと言ってくれたんですけど、アパートに帰っても悶々としてしまいそうで。だけど、この大変なときにあなたとホテルで食事っていうのも気が咎めて……」

ここに来るまで運転中にもやもやしていた気持ちを言葉にし、「ごめんなさい、やっぱり今日は帰ります」と告げる。

「なるほど。大変な状況でそれどころじゃないけど、俺の顔をひと目見たかったんだな」

「は？　何言ってるんですか」

「電話が来た時点で断ることもできた。でもそうしなかった。つまりそういうことだ」

レスターのあまりにも自信満々なセリフに、思わず笑ってしまった。

真面目くさった表情を浮かべていたレスターも、ふっと口元に笑みを浮かべる。

「わかった。レストランはキャンセルしよう。だがもう少しつき合え。きみだって飯は食うだろう？」

「ええ、そうですけど……どこへ？」

「俺の部屋だ。今夜はここに泊まるつもりで部屋を取ってある。ルームサービスなら人目を気にしなくていい」

「……っ」

ホテルの部屋と聞いて身構えるが、レスターが大袈裟に顔をしかめてみせた。

「俺だってこの状況でよからぬことを企んだりしないさ。きみはアルファのことを節操のない野獣だと思っているようだが、アルファにも理性と分別はある」

「別にそんな……まあ、アルファの皆さんは傲慢で身勝手だとは思ってますけど」

レスターが振り返り、にやりと笑みを浮かべる。

「言ったな。俺に言わせれば、オメガはみんな悲劇のヒロイン気取りだ」

ホテルの正面エントランスの前で、千歳は腰に手を当ててレスターの前に立ちはだかった。

「それは聞き捨てならないですね。そうそう、アルファの特徴に〝デリカシーの欠如〟っていうのもありました」

「きみたちオメガは物事を悲観的に捉えすぎる」

「現実的なだけです」

冗談とも本気ともつかない応酬を繰り広げたのち、千歳はレスターと顔を見合わせて笑ってしまった。

レスター相手にこんな軽口を叩けるようになるなんて思いもしなかった。笑っているレスターの目尻の皺にこんなにどきどきさせられていることも、まったく予想外の事態だ。

「続きは飯を食いながらにしよう。もう腹ぺこだ」

「そうですね。日本の諺で〝腹が減っては戦はできぬ〟って言いますし」

何を食べるかあれこれ話していたおかげで、さほど緊張することなく最上階のスイートルームに到着した。室内に足を踏み入れる際に少しだけためらい、レスターを信用することにして後ろ手でドアを閉める。

このホテルには面談や対面会などで頻繁に訪れているものの、スイートルームに入るのは初めてだ。田舎町のホテルなのでゴージャスとは言えないが、クラシックな内装が祖父母の家に似ていて懐かしい気持ちになる。

「メニューはどこだ？」

「えっと……ああ、ここにあります」

リビングのソファに向かい合わせに座り、ふたりでメニューを覗き込む。

「かしこまったコース料理はパスだな。決めた、チーズバーガーとシーフードピザ」

「僕はクラブサンドイッチとグリーンサラダにします」

「飲み物はビールでいいか？」

「僕はアイスティで」

「了解」

レスターが内線電話をかけ、てきぱきとオーダーを告げる。

その後ろ姿に既視感のような懐かしさが込み上げてきたのは、先ほど祖父母のことを思い出したせいだろうか。

「十五分くらいかかるそうだ」

「テレビつけてもいいですか？」

「ああ、もちろん」

リモコンを操作してニュース番組を探す。ローカルニュースの画面にアンバーアラートのテロップが表示されていたが、内容は先ほどと同じで進展はないようだった。

テレビの音をミュートにし、連絡があればすぐに取れるようにスマホをテーブルに置く。

「双子は前から誰かに狙われてたのか？」

レスターの質問に、千歳は少し考えてから口を開いた。

「美人で目立つから、学校でしつこく言い寄られたり町で男性に声をかけられたりすることがたびたびあったみたいです。でも、誘拐に繋がるような深刻な感じではなかった」

「本気で誘拐しようと考える奴は、目立たないようにひっそり計画を練るものだしな。他に双子の周辺でトラブルは？」

「ふたりの母親が……今はリハビリ施設にいるんですけど、一度押しかけてきて騒ぎになったことがあります。けど、今回の事件には無関係だと思う。事件当時フロリダの施設にいたことは確かだし。念のために現地の警察が誰かに依頼してないか調べてくれるそうですけど」

「母親が双子に執着するのは愛情ゆえ？　それとも未成年の双子のオメガに価値があるから？」

レスターの遠慮のない質問に、千歳は苦笑した。

「嫌なこと言いますね。どうなんでしょう？　僕は彼女たちの母親のことはよく知らないし、施設に押しかけてきたときは泥酔状態だったから」

「俺が価値と言ったのは、正確には金銭的価値だ。もっと嫌なことを言うが、いまだにオメガの人身売買は続いている。つい最近も、東欧で若いオメガを〝輸出〟している組織が摘発されたのを知ってるだろう？」

こくりと頷き、千歳は視線を窓の外に向けた。

当事者であるオメガが、おぞましくて言及を避けている事実だ。

ノーマもブレンダも口にはしなかったが、人身売買組織に誘拐された可能性が高いことは重々承知している。現在施設にいるオメガの中で、ポピーとデイジーがいちばん金銭的価値が高いということも。

「……実は、同年代の少女を装ってＳＮＳで接触してきた人物がいるらしいんです。警察が発信元を調べてるところで」

「そうか……ああ、ルームサービスが来たみたいだ」

重苦しい空気を打ち破るノックの音に、レスターが立ち上がる。

制服姿のウェイターが料理の載ったワゴンを押して中に入ろうとしたが、レスターが「ここでいい、ありがとう」と断ってチップを手渡した。

「さあ、食べよう。人間は腹が減ってると悲観的になる」

「その意見には同意です」

「俺の場合は、というかアルファの場合は凶暴になるらしいが」

大口でチーズバーガーに齧りつくレスターは、確かに飢えた狼そのものだ。

飢えたという言葉に性的なイメージを連想してしまい、慌てておかしな妄想を振り払う。

「正直ですね」

「あらかじめ短所を伝えておいたほうが、幻滅されなくて済む」

「空腹時のあなたには近寄らないようにします」

三口ほどでチーズバーガーを食べ終えたレスターが、豪快にビールを喉に流し込む。

「ああ、それがいい。空腹時の俺は危険だ」

「…………」

今のセリフは性的な意味が込められているのだろうか。それとも、そんなふうに思ってしまう自分が意識しすぎなのか。

「このサンドイッチ、結構量が多いのでよかったらどうぞ」

「ピザもシェアしよう」

「サラダも食べます？」

「結構だ。今日のランチ、クライアントにつき合ってヴィーガンレストランのコースだったから」

ヴィーガン料理を前に渋い表情のレスターが目に浮かび、くすりと笑う。いろいろ考えるのはやめにして、千歳は食事に専念することにした。

しばし無言でピザを味わう。ものすごく美味しいというわけではないが、千歳が今夜食べようと思っていた冷凍ピザよりはずっといい。

レスターも、サンドイッチとピザを交互に平らげてゆく。腹を満たして落ち着いたのか、レスターがナプキンで手を拭きながら「さっきの話の続きだが、これまでにも入居者が狙われたことはあるのか？」と口にした。

「ええ、ちょくちょくあります。いちばん多いのは、どこかで見かけて一方的に想いを寄せるストーカータイプ。施設の周囲をうろつくだけならまだしも、ときどき侵入しようとする輩もいて、年に何度か警察を呼んでます」

「若い女性のグループホームにその手のトラブルは付きものだな」

「次に多いのが元家族。施設のオメガたちは皆それぞれ事情があってここに来てるわけで、子供を取り返そうと押しかけてくる家族はだいたい問題を抱えてます」

「縁組み支援プログラムの利用者は？　前にパーティに押しかけてきた男がいただろう」

「エヴァン・ラスキン？　ああ、すっかり忘れてた。彼はその後イギリスに再留学したはずです」

「きみや施設の職員に恨みを抱いていたようだが、彼が復讐を企てた可能性は？」

レスターの指摘に、千歳は眉根を寄せた。

「エヴァンは双子とは会ったことがないはず……ヘブンズブリッジハウスの評判を落とすのが目的なら、未成年者の誘拐はリスクが高すぎません？」

「そうだな。ネットに悪口を書けば済む話だもんな」

「だけど念のため彼の動向は調べたほうがいいかも。ノーマにメールします」

スマホを手に取り、ノーマに簡潔な文面のメールを送信する。ちらりと視線を向けると、消音にしているテレビの画面はいつのまにかドキュメンタリー番組に変わっていた。

「デザート何か頼もうか」

「え？　いえ、僕はそろそろ失礼します」

「じゃあ駐車場まで送ろう」

レスターの申し出を辞退しようと口を開きかけ、思い直して口を噤む。

ホテルの駐車場は明るいし警備員もいるので危険はない。わざわざ送ってもらうほどのことはないのだが、なんとなくタイミングを逃して千歳はレスターとともに客室をあとにした。

「入居者の失踪は初めてか？」

エレベーターホールへ向かいながら、レスターが質問を続ける。

「僕が入居してた頃、ホームの生活が合わなくて家出した女性がいました。ニューヨークで保護されて一度は戻ったんですけど、結局また出て行って、今も所在不明です」

千歳より三つ年上の彼女のことを思い出し、胸が痛む。どこかで無事に生きていてくれたらいいのだが……。

「最近は？　失踪とまでいかなくても、二、三日無断でホームを抜け出したりとか」

エレベーターの前で立ち止まり、千歳はレスターの顔を見上げた。

「ありません。どうしてそんなことを訊くんです？」

「嫌がられるのを承知で言うが、犯人と通じている人物がいるんじゃないかと思ってね。本人にそのつもりはなくても、甘い言葉で操られている場合もある。今日ショッピングモールに行くメンバーを知っていたのは？」

「それは……別に秘密ではないので、入居者は知ってたと思います。みんな買い物を楽しみにしているので、気軽に『明日モールに行く』と話してたでしょうし」

「入居者に外部の人間との関わりを問い質したほうがよさそうだな。まあそれくらいは警察も考えてるだろうから、俺が口を出すことじゃないが」

　エレベーターがやってきて、するりと扉が開く。箱に乗り込んでから、千歳は「僕は考えてもみなかった」と呟いた。

「けど、言われてみれば可能性はありますね。双子に接触してたっていうＳＮＳのアカウント、もしかしたら他の子ともやり取りしてるかも」

「そっちから探るほうが早そうだな」

　エレベーターが一階に到着し、扉が開く。箱から降りてから、千歳は短時間とはいえレスターと狭い空間にふたりきりだったのに緊張しなかったことに気づいた。

「きみは明日も出勤？」

「ええ、双子が戻ってくるまで交替で宿直になると思います」

「俺もこの週末はここに滞在する予定だ。何か手伝えることがあれば、遠慮なく言ってくれ」

「ありがとうございます」

　レスターと肩を並べて外に出たところで、駐車場の方向から老夫婦がやってくる。ふたりは身振り手振りを交えて何やら議論中の様子だった。

「だめよ、あの子はナッツアレルギーだもの。何か別のメニューを考えなきゃ」

「ナッツを入れなきゃいい」

「わかってないわね。あの料理はナッツを入れないと意味がないのよ」

すれ違いざまに、そんな会話が聞こえてくる。

孫を招待する予定でもあるのだろうか。微笑ましく思いつつ、千歳の中に何かがチカチカと点滅し始めた。

ずっと心の片隅に引っかかっていた、小さな違和感。

点滅していた光が次第に大きくなり、記憶が鮮明に浮かび上がり――。

「――！」

思わず千歳はレスターの腕を掴んだ。咄嗟に声が出なくて、口をパクパクさせながらレスターの顔を見上げる。

「どうした？　具合が悪いのか？」

「ちが、そうじゃなくて、ハンナ……っ」

「ハンナがどうした？」

肩に手を置かれ、顔を覗き込まれる。灰色の瞳が魔法のように千歳の動揺を吸い取り、なんとか言葉を取り戻すことができた。

「ハンナがお姉さんの家に行った話はしましたよね？　エンジェルレイクのコテージからいな

くなったとき、ちょっと違和感があったんです。無事にお姉さんの家に着いて電話をくれたから、あれは気のせいだったと思って心の隅に追いやってたんですけど」

一気にしゃべって息が苦しくなり、よろけたところをレスターが支えてくれた。

「落ち着いて順を追って話せ。どこかに座ろう」

「いえ、大丈夫です。ちょっと待って、まず確認します」

ハンナも誘拐されたと考えるのは早合点かもしれない。スマホを取り出してハンナに電話をかけると、無機質な音声が『この番号は電源が入っていないか、電波の届かない場所にいます』と告げてきた。

急いでメールの中からハンナの姉の番号を探す。そういえば姉の番号にかけたことはなかった。なぜもっと早くかけてみなかったのかと後悔し、『この番号は現在使われておりません』というアナウンスを聞いて、ハンナが事件に巻き込まれたことを確信した。

「すぐにヘブンズブリッジハウスに戻らなきゃ。いや、それより警察に……っ」

バッグから取り出した車のキーを、レスターに奪われてしまう。

「俺が運転する」

「あなたさっきビール飲んだでしょう。大丈夫、運転できます。すぐ近くだし」

「わかった。俺も一緒に行く」

「そうしていただけると心強いです」

急いで愛車の運転席に乗り込み、シートベルトを締める。レスターが助手席のドアを閉めるのを待って、千歳は車を発進させた。

「ハンナが散歩に行くと言ったとき、僕は心配だから一緒に行こうとした。けどハンナはひとりで大丈夫だと。彼女が出て行ったあと、やっぱり心配だから追いかけようとしたんです。そのときコテージの固定電話が鳴って、あなたからかと思って出たら、ホテルのレストランのスタッフで」

駐車場を出てまもなく前方にのろのろ運転の車が現れ、追い越したい気持ちをぐっと我慢する。追い越したところでさほど時間は変わらない。今は安全第一、と自分に言い聞かせ、ハンドルを握る手に力を込める。

「ディナーのアレルギー食材の件でそちらの女性から問い合わせがあった、と言うんです。ハンナはアレルギーはないはずなのに変だなと思いつつ話を聞いたら、海老などの甲殻類は使ってない、けどデザートにナッツを使用してますとかそんな感じのことを言ってた。ほんとに七号棟からの問い合わせですかって訊いたら間違えましたってけたけた笑って、感じ悪いなと思ったんです」

今思えば、あの高級リゾートホテルの従業員にしては話し方が馴れ馴れしくて失礼だった。

千歳をコテージに足止めするための作為的な間違い電話だったのだろう。

「あの晩のデザートはブルーベリームース、オレンジとレモンのシャーベット。ナッツは使われていなかった」

レスターがデザートの内容を正確に覚えていることに少々驚きつつ、こくりと頷く。

正直に言うと、あのときはレスターとの初めてのディナーで緊張してナッツのことなど頭から抜け落ちていた。あのとき気づいていれば、あれが偽の電話だと気づけたはずなのに。

「結局その電話のせいでハンナを見失って、ホテルに捜しに行ったけど誰も姿を見てなくて」

「おそらくコテージを出てすぐに車に連れ込まれたんだろう。防犯カメラの映像を見せてもらえるよう手配しよう」

「お願いします。警察が言うよりあなたが言ったほうが令状云々言われないだろうし」

「ハンナはきみに電話をかけてきたんだよな？」

「ええ、あなたが到着する少し前に。動揺して泣いている様子だったんですが、同居トライアルをキャンセルすることが申し訳なくてナーバスになってるのかと」

「犯人が用意したセリフを読まされてたんだろうな」

赤信号でブレーキを踏み、千歳はハンドルに突っ伏した。

「僕があのとき異変に気づいていれば……っ」

「きみのせいじゃない。悪いのはきみを騙した犯人だ」

「今はまだそういう心境にはなれません。双子とハンナが無事に戻ってこない限りは」

「余計なことを考えずに目の前のことに集中しろ。ほら、信号が青になったぞ」

ばしんと強めに太腿を叩かれ、はっと顔を上げる。

そうだ、早く警察署に行ってパウエル刑事に報告しなければ。

「その後ハンナから電話は？」

「当日の夜に一度。取ったのは僕じゃなくて別の職員です。翌日僕宛にメールが来て、何日か後に電話をかけたらハンナのお姉さんが出て、ハンナは今出かけてると」

「そのお姉さんだという女性の声に聞き覚えは？」

「ありません……多分。注意して聞いてなかったから確信は持てないけど」

答えたところで警察署にたどり着き、千歳は来客者用スペースに車を入れた。普段は安全運転を心がけているというのに、車止めにタイヤがどすんとぶつかって車体が大きく揺れる。

「うわ、すみませんっ」

「いや、建物にぶつからなくて幸いだった」

車から降りて、自分の体ががちがちに固まっていたことに気づく。

ぎくしゃくと不自然な足取りで、千歳はレスターとともに警察署の入り口へと急いだ。

11

週が明けた月曜日、朝八時。

寝不足の体を引きずって、千歳はヘブンズブリッジハウスの駐車場に車を停めた。

空は青く晴れ渡っているが、心の中は土砂降りだ。ノーマをはじめ職員や入居者も同様で、ヘブンズブリッジハウスには重く沈鬱な空気がのしかかっている。

──ポピーとデイジーが行方不明になって丸二日と半日、いまだふたりの発見には至っていない。

防犯カメラに映っていたトラックは、ショッピングモールの近くの廃工場の敷地内で発見された。あらかじめ別の車を用意しておいて、段ボール箱を積み替えたのだろう。周辺にカメラもなく、塀に囲まれているので目撃者もなし。

トラックを運転していた男の素性も、昨夜の時点ではまだ判明していなかった。帽子と髭、サングラス、手袋で万全の対策をしていた上に、防犯カメラが旧型で画像も粗い。男はショッピングモールの搬入口の通行許可証を持っており、守衛も疑うことなく通したという話だった。

双子が拉致されたのは大型衣料品店の試着室で、これは店内のカメラにふたりが服を持って試着室へ向かう姿が映っていたのでほぼ間違いない。試着室の隣にバックヤードに通じる扉があり、そこで箱に詰め込まれて運び出されたのだろう。

当然ながら、衣料品店の従業員はすべて――当日出勤していなかった者も含め、取り調べを受けた。店の従業員に共犯がいたか、それとも犯人グループが客を装っていたのか、まだ捜査中ということで詳細は教えてもらえなかったが。

（双子も心配だけど、ハンナが心配だ。いなくなってもう二週間と三日目だし）

千歳とレスターが警察署に駆け込んだあと、刑事はハンナの姉の住所に警察官を急行させた。住所の番地は空き家で長年人が出入りした形跡はなく、調べたところハンナの異父姉はテキサスに住んでおり、ハンナとは三年以上連絡を取っていないという。

エンジェルレイクリゾートの防犯カメラやレストランのスタッフを名乗った人物についても捜査中、何か進展があれば知らせると言っていたが、単なる社交辞令に聞こえた。

（僕たちも容疑者だから、手の内は見せないだろうな）

ハンナも双子も、誘拐するには事前に予定を把握する必要がある。それが可能なのは、ヘブンズブリッジハウスの職員と入居者、その家族や友人知人。

千歳たちもひとりずつ呼ばれて、同じことを繰り返し訊かれた。捜査のために必要なことだと重々承知しているが、エンジェルレイクリゾートでの出来事を何度も話さなくてはならないのは苦痛だった。

（僕が疑われるのもわかるけど……）

千歳はハンナがいなくなったとき、唯一その場にいた人物だ。つまり作り話をしている可能性もあるわけで、もし自分が刑事の立場だったら同じように考えて徹底的に調べ上げるだろう。

もちろんレスターも事情を訊かれ――あのダットン家の御曹司と知って刑事たちが扱いにくそうにしていたが――驚いたことに、千歳が細心の注意を払ってオブラートに包んでいたあの夜の出来事や現在のふたりの関係を、すべて正直に話したという。

『ええっ、全部話したんですか？　事件と関係ないでしょう⁉』

『関係あるかどうかは警察が決めることだ。隠したってすぐばれるし、あれこれ探られる前に自分から話してしまったほうがいい』

確かに隠すと心証が悪くなる。レスターの意見に渋々頷きつつ、レスターが自分との関係を恋人同士だと話したと聞いて目眩がした。

『大まかに言えばそうなる。赤の他人に俺たちの関係を懇切丁寧に説明する義理もないし』

『だけど、そういうのって嘘の供述になるんじゃ……っ』

『俺は恋人同士だと思ってるが、彼は認めたがらないので言い分が食い違うかも、と言っておいたから大丈夫だ』

レスターとの会話を思い出し、千歳はため息をついた。

レスターは口が達者で、自分の思い通りに事を運ぶ術に長けている。気をつけないと、彼のペースに乗せられてしまいそうで――。

「……っ」

車の窓ガラスを軽くノックされ、驚いて現実の世界に舞い戻る。

顔を上げると、グレッチェンが心配そうに首を傾げていた。

「大丈夫？　なんか具合悪そうだったから」

「ありがとう、大丈夫だよ。ちょっといろいろ考え事してて」

シートベルトを外し、運転席から降り立つ。

グレッチェンもあまり眠れていないらしく、目の下に大きな隈ができていた。双子の引率担当だったグレッチェンは、警察の事情聴取の時間がいちばん長く、相当応えたらしい。日頃の明るく快活な彼女からは想像もできないほど、疲れ果てて落ち込んでいた。

「今日こそは何か進展があるといいね」

励ますように声をかける。

「ええ、本当に。無事に見つかってくれないと自分を一生許せない。どうしてあのとき……」

通用口に向かいかけたところで、ふいにグレッチェンに腕を摑まれた。

驚いて振り返ると、グレッチェンが怯えた表情で固まっている。

「どうしたの？」

「しっ、あそこの植え込みの陰に誰かいる……！」

「えっ？」

グレッチェンが指さす方向に目を向けるが、植え込みの向こうにも周囲にも人影は見当たらなかった。

「大丈夫、誰もいないよ」

「ほんとに？　ああ、ちょっと過敏になってるのかも。今朝アパートの前に見慣れない車が停まってて、またリポーターが押しかけてきたのかと」

「そうなの？」

双子がオメガであることは厳重に伏せられていたが、ハンナが行方不明になっていることが発表され、どこからか三人がオメガ専門の施設の入居者であることが露呈してしまったのだ。

土曜日に施設にマスコミが取材に押しかけ、警察が出動して追い払ったものの、職員につきまとってコメントを取ろうとする悪質なリポーターもいた。

『マスコミの件は手を打っておいた』

レスターが事もなげにそう言い、実際日曜日になると施設周辺からマスコミは姿を消した。

マスコミを追い払ってくれたことはありがたいが、ダットン家の力を改めて思い知らされ、千歳としては複雑な気持ちで……。

「わからない。抗議しようと車に近づいたら、急発進して逃げたから」

「なんか気味が悪いね」

「ええ、ほんとに」

虹彩認証システムでロックを解除し、事務室へ向かう。ちょうどオフィスから出てきたノーマと鉢合わせし、千歳とグレッチェンは立ち止まった。

「おはようございます。何か進展はありました？　双子が連絡を取ってたっていうSNSのアカウントは？」

ノーマが力なく首を横に振る。

「警察からは何も。あなたたちは日常業務に専念してちょうだい」

「はい。今週の面談会、中止したほうがいいでしょうか？」

「水曜日だっけ？　そうね、中止にしましょう。日程はまた改めて」

そうと決まれば、早急に面談会の参加者に連絡しなくては。

事務室のドアを開け、パソコンの電源を入れる。いつものように換気のために窓を開け、千歳はぐるりと周囲を見まわした。

大丈夫、物陰に潜んでいる怪しい人物の姿はない。

けれどグレッチェンの恐怖心が伝染したのか、今この瞬間も誰かに見張られているような不安な気持ちが拭えなかった。

警察は、犯人を少なくとも三人以上のグループであると考えているらしい。

これまでにわかっているのは、トラック運転手の男、ハンナの姉に扮していた女、そしてエンジェルレイクリゾートでレストランのスタッフに成りすまして電話をかけてきた男。

トラック運転手と成りすまし電話の男は同一人物の可能性もあるが、トラックが搬入口にやってきた際に助手席にもうひとり別の男が座っていたという守衛の証言もあり、モール内のカメラの映像を分析して捜索中だという。

犯人グループは何ヶ月も前から計画を練っていたに違いない。おそらく、この施設も遠巻きに観察していたはずだ。

知らない間にこっそり見張られていたと思うと気持ちが悪い。自分はオメガであることを隠しているし、犯人の狙いは女性オメガだから対象外だろうが、それでも不快であることに違いはなかった。

「……っ」

スマホの着信音に、びくりとして振り返る。

レスターからだ。急いで通話ボタンを押すと、『おはよう』と低い声が耳朶をくすぐった。

「おはようございます」

『もう出勤したのか？』

「ええ、今さっき着いたところです」

週末はヘブンズブリッジに滞在していたレスターも、月曜の朝にどうしても抜けられない会議があると言ってマンハッタンへ戻っていった。

ずっと一緒に過ごしたわけではなく、金曜の夜と同じようにレスターが泊まっているホテルの部屋で夕食をとりながら情報交換しただけなのだが、なんだか親密度が増したようで落ち着かない。

『事件の進展は？』

「何も。例のＳＮＳのアカウントもまだわからないそうで……」

『ＩＴ部門の捜査官が調べれば、すぐにわかりそうなものだが』

「そうなんですよね。もしかしたら警察はとっくに突き止めてて、事情があって隠してるのかもしれませんけど」

『かもな。今日の予定なんだが、仕事が終わったらそっちに行く』

「ええ？　それは別に構いませんが……今僕たちにできることはないと思いますけど」

『きみが大変なときに傍で支えるのが、婚約者の務めだからな』

レスターの言葉に、数秒固まってから千歳は口を開いた。

「何言って……いつから婚約者に格上げになったんです？　というか、僕まだあなたと恋人同士だとも思ってませんけど」

電話の向こうでレスターが低く笑い、『言っただろう、時間の問題だと』と嘯く。

とびきり甘い睦言を囁かれているような気分になり、いやいやと否定する。

レスターは恋愛にうつつを抜かしたりしない。自分に構うのは単に体の相性がいいからであって、それ以上の意味など……。

「とにかく、無理して来なくていいですから」

『無理なんかしない。俺がしたいようにするだけだ』

「わかりました。運転気をつけて」

電話を切り、千歳はやれやれとため息をついた。窓ガラスに映った自分の顔がにやけていることに気づいて、慌てて表情を引き締める。

終業まで仕事に集中しようと、千歳はパソコンの前に座った。

結局終業時刻まで、捜査の進展は何もなかった。

いや、何か進展はあったのかもしれないが、千歳たち職員には何も知らされなかったし、テレビやネットでも新たなニュースは報じられていない。未成年者の誘拐、人身売買組織との関わりが疑われる案件なので、警察も慎重に動いているのだろう。

（レスターは何時頃になるかな。いったん家に帰ってシャワー浴びるか、それとも……）

三日連続でルームサービスやテイクアウトの食事だったので、自分で作ったご飯が食べたい。チキンのトマト煮込みだったら家にある材料ですぐにできるし、それにハムと野菜のサンドイッチでも作れば充分だ。

（レスターは足りないだろうから、追加で何か注文すればいいし）

そこまで考えて、いやいやと首を横に振る。別にレスターに手料理を振る舞いたいわけではないので、自分が食べる分だけ持っていけばいいのではないか。

それとも、自分の分だけ持参するのは失礼だろうか。あれこれ考えていると、ドアをノックする音がしてグレッチェンが顔を覗かせた。

「千歳、ちょっといい？」

「いいよ。何？」

「今日、引っ越し先候補の物件を見に行くことになってるの。前に話したでしょう」

「ああ、うん」

現在ひとり暮らしのグレッチェンが、彼氏のアッシャーと同棲するために広い部屋に移りたいと話していたのは覚えている。

「アッシャーと一緒に行く予定だったんだけど、急な残業で都合がつかなくなって。ひとりで行くのはちょっと不安だから、つき合ってもらえないかな？」

「ええと……どれくらい時間かかりそう？」

「物件はここから車で十分くらい。内覧はそんなに時間かからないと思う。案内してくれる不動産会社の人が初めて会う人で、疑うわけじゃないんだけど、知らない男性とふたりきりってちょっと怖くて」

「わかった、つき合うよ。ちょっと待ってて。ここ片付けちゃうから」

「ありがとう、助かるわ。車で待ってる」

グレッチェンが立ち去ってから、千歳は急いでレスターにメールを打った。グレッチェンの物件の内覧につき合うことになった件を手短に伝え、ヘブンズブリッジに着いたら電話してくださいと締めくくる。

帰る前にノーマに進展があったか尋ねようとオフィスに寄ったが、留守だった。ブレンダに「退勤しますけど、何かあったらすぐ電話ください」と伝えて通用口へ急ぐ。

建物の外に出ると、グレッチェンの車が通用口の前で待ち構えていた。

「お待たせ」

「ううん、こちらこそありがとう」

グレッチェンが微笑み、千歳がシートベルトを締めたのを確認してからアクセルを踏む。

「どんな物件？　アパート？」

「一軒家。古いしそんなに広くないけど、庭でバーベキューパーティができるのがいいなと思って」

「いいね。一軒家なら犬も飼えるし」

「千歳は？　このまま遠距離恋愛を続けるの？」

思いがけない質問に、驚いて千歳はグレッチェンのほうへ振り返った。

グレッチェンがにやりと笑い、「あのダットン家の御曹司とつき合ってるんでしょ」と爆弾を落とす。

ひと呼吸置いて気持ちを落ち着かせてから、千歳は平静を装って答えた。

「別につき合ってるわけじゃないよ。縁組み支援プログラムでハンナといろいろあったから、彼女のことを心配して来てくれてるだけで」

「隠したってわかるよ。警察署であなたたちを見かけたけど、どこからどう見ても熱愛中のカップルだったし」

「警察署で？　事情聴取に呼ばれたときかな。あのときはかなり参ってたから、そんなふうに見えたのかも」

しどろもどろに言い訳するが、グレッチェンが信じていないのは明らかだった。

(ああもう、レスター本人が恋人同士ですなんて言いふらすし、こうやってどんどん噂が広まって、まるでこれが事実みたいになっていくのが怖いんだけど)

いちばん怖いのは、自分の気持ちがレスターにどんどん傾いていっていること。

もしかしたらレスターに愛される日が来るのでは……と期待しそうになっている己の心。

「まあそういうことにしておきましょう」

グレッチェンがくすくす笑い、スピードを上げる。

夕刻の町外れの道は、すれ違う車もまばらだ。やがて車は、森に囲まれた緩やかな上り坂にさしかかった。

「この先って隣町まで何もないよね。物件は隣町なの？」

「ううん、道路からは見えないけど、脇道を入ったところに小さな集落があるの」

「そうなんだ。この辺りは街灯も少ないし、夜はちょっと寂しいね」

「そう、だからついてきて欲しかったんだ」

上り坂が下り坂になった辺りで、グレッチェンが細い脇道に入っていく。

この道は何度か通ったことがあるが、こんなところに脇道があるとは知らなかった。鬱蒼とした森に囲まれた未舗装の道路は、おそらく地図には載っていないのではないか。

（いくら恋人と同棲すると言っても、こんな場所に若い女性が住むのは危険じゃない？）

内心そう思ったが、アドバイスを求められない限り、黙っておくべきだろう。

しかしグレッチェンが「着いたよ、あの家」と指さした山小屋風の家を目にした瞬間、千歳は「ここはやめたほうがいい」と言いそうになってしまった。

「小さな集落って言ってたけど、周りに家がないね」

る。

「この先に何軒かあるのよ。不動産会社の人、もう来てるみたい」

家の前に黒っぽいセダンが停まっていた。グレッチェンがその隣に車を停めてエンジンを切る。

助手席から降り立ち、千歳は三角屋根のログキャビンを見上げた。暗くてよく見えないが、あまり手入れが行き届いていないのは明らかだ。

家のドアが開いて、スーツ姿の若い男性がにこやかな笑顔で出迎えてくれる。

「グレッチェン・ボウマンさん？　お待ちしておりました」

「こんばんは。どうぞよろしく」

グレッチェンがぎしぎし音を立てる階段を上り、千歳もおそるおそるあとに続いた。

ポーチに動物の骨で作ったオブジェらしきものが吊されており、カタカタと音を立てて揺れている。それがなんとも不気味で、千歳は今すぐ回れ右して帰りたくなった。

「悪くないわね。大きい暖炉もあるし」

先に室内に入ったグレッチェンは、正面に見える石造りの暖炉が気に入ったようだった。

「少しリフォームが必要ですが、その分家賃も安いですし、掘り出し物だと思いますよ」

営業トークをしながら、不動産会社の男性が振り返る。

「あなたもどうぞお入りください」

「いえ、僕はここで。アレルギーがあって、埃を吸うと咳が出て大変なんです」

適当な嘘をついて、千歳はドアの外で待つことにした。

別に霊感が強いわけではないが、なぜかこの家には入りたくなかった。埃っぽいのは事実だし、暖炉の上に飾られている鹿の頭の剝製がまるで生きているように見えて怖い。

「そうですか、じゃあちょっと失礼」

スーツの男が、ポケットからハンカチを取り出しながらなぜかつかつかと歩み寄ってくる。戸惑ってあとずさろうとした瞬間、口元にハンカチを押し当てられた。

「――!!」

しまったと思ったのはほんの一瞬。あっというまに意識が薄れていく。

「上手くいったわね」

闇の世界に落ちていく千歳の耳に、グレッチェンの笑い声が禍々しく響いた――。


「ちょっと、まだ目を覚まさないけど大丈夫なの？　薬の量が多すぎたんじゃない？」

「大丈夫だって。これまでと同じ量だから、じきに目覚めるさ」

「彼の取り扱いには注意してよね。オメガの男は珍しいし、綺麗だから高く売れる。もしかしたら双子よりも価値があるかも」

「ベータの俺たちにはわからん世界だな。まあ確かに、こんなに綺麗な男はこれまでお目にかかったことがないが」

――誰かが好き勝手なことを話している。

ガンガン痛む頭に女性と男性の声がやけに大きく響いて、千歳は目を閉じたまま眉根を寄せた。

女性の声はグレッチェンだ。男性の声も、聞き覚えがあるような……。

「商品は揃ったし、早いとこ取引しないと。買い手はいつになったら来るのよ?」

「焦るなって。彼らはこの道のプロだから、タイミングを見極めてるんだろうさ」

「警察だって馬鹿じゃないから、そろそろ私たちの誰かにたどり着くはずよ。ハンナだけでも先に取引すればよかった」

「しょうがないだろう、向こうがもっと若いオメガも一緒じゃないと買わないって言い出したんだから。けどまあ、最後にとびきり上玉の男オメガが手に入ってラッキーだったな」

男がけたけたと可笑しそうに笑う。

なんとも不快なその笑い声に、千歳は無意識に拳を握り締めた。

(あの男だ……エンジェルレイクリゾートで、レストランのスタッフに成りすまして電話をかけてきた男)

もしかしてこの男がアッシャーだろうか。それともアッシャーは別にいる? トラックの運転手は?

考え始めると頭痛がひどくなり、思わず千歳はうっと呻き声を漏らしてしまった。

「おっと、お姫さまが目を覚ましたみたいだぞ」

そのセリフにカチンとくる。なんとか重たい瞼を持ち上げると、自分がログキャビンの一室らしき場所で、手足を縛られて床に転がされていることがわかった。

　部屋の隅の古ぼけた肘掛け椅子に、グレッチェンが悠々と脚を組んで座っている。不動産会社の営業マンに扮していた男は、落ち着かない様子で室内をうろうろと歩きまわっていた。

「騙してごめんね。あなたに恨みはないし、っていうかあなたのことは大好きなんだけど、私たちどうしてもお金が必要なんだ」

　言い返そうとするが、猿轡に阻まれて声が言葉にならない。

「ダットン家の御曹司があなたに向けるねっとりした視線に気づいたとき、マジで頭の中にファンファーレが鳴ったよね。あのアルファの中のアルファみたいな男がベータを相手にするわけがない。つまりあなたはオメガだってこと。念のためにあなたの個人情報にアクセスして裏も取った。驚いたわ、あなたもあの施設の入居者だったなんて」

　部屋をうろついていた男が、立ち止まって怪訝そうに振り返った。

「ちょっと待て。こいつ、ダットン家の御曹司とつき合ってるのか？　そんなこと言ってなかったじゃねえか」

「あんたは腰抜けだから、そうと知ったらビビって中止しようって言い出すと思って」

「当たり前だろ！　あのダットン家だぞ。敵にまわしたら警察よりやべえだろ！」

「そうなる前に高飛びするから大丈夫。そうそう、さっきあなたのスマホに御曹司からメールが来てた。〝千歳、すまない。急な仕事で今日はそっちに行けなくなった。アパートに帰宅したら何時でもいいから電話してくれ〟だって。意外と過保護なのね」

レスターが来ないと知って、千歳は一気に気分が沈むのを感じた。彼が来たところで事態は変わらないかもしれないが、少なくとも千歳の不在には気づいてくれただろう。

「心配しなくても、私が代わりに返信しとくよ。今帰りました、今日は疲れて早く寝たいので、メールで失礼します……こんな感じでいい？」

グレッチェンが千歳のスマホに文字を入力し、こちらに向けてみせる。

「さてと、私たちもそろそろ家に帰って善良な市民のふりを続けなきゃ。お迎えが来るまで、ここでいい子にしててね」

グレッチェンが立ち上がり、男に顎で指図した。

男が渋々といった様子で、千歳を肩に担ぎ上げる。

「心配しなくても、水も食料も用意してあるし、バスルームもちゃんと使える。あなたたち商品はなるべく綺麗な状態で渡したいからね」

グレッチェンが先導したのは、キッチンの横にある扉から地下へ下りる階段だった。

地下室に閉じ込められるなんて、考えただけでどうにかなりそうだ。ありったけの力を振り絞ってもがくが、薬のせいか思うように体が動かない。

グレッチェンが、木製のドアに取り付けた南京錠の鍵を開ける。

黴くさい地下室の床にどさりと乱暴に投げ降ろされ、千歳は痛みに顔をしかめた。

「ちょっと、丁重に扱ってってば」

「じゃあおまえが運べよ」

仲間割れはいい兆候だ。しかしグレッチェンと男はそれ以上言い争うことなく、ドアを閉めて鍵をかけた。

　ふたりが階段を上り、足音が遠ざかっていく。床の上でごろりと寝返りを打ち、千歳は室内を見まわそうと首を動かした。

　色褪(いろあ)せた壁紙(かべがみ)と安っぽい家具——ぼんやりしたランプの明かりに照らされた部屋は、古い映画のワンシーンのようだ。

　部屋の中央にはダブルベッドが置かれている。少し体を起こしてベッドを見上げた千歳は、ハンナとポピー、デイジーの三人が身を寄せ合って怖々(こわごわ)とこちらを見下ろしていることに気づいてぎょっとした。

「千歳⁉」

　ハンナが驚(おどろ)いたように声を上げ、ベッドから飛び降りる。

「どうしてあなたが？　いえ、まずはこれを解かなきゃ。ポピー、デイジー、手伝って」

「あ、ありがと……」

　猿轡を外され、ようやく声を出すことができた。ハンナに助け起こされてベッドの端(はし)に掛(か)けると、双子が手足の紐(ひも)を解いてくれる。

「喉(のど)が渇(かわ)いてるでしょう、まずは水を飲んで」

　ハンナが部屋の隅に積み上げられた段ボール箱からペットボトルを取り出し、キャップを開けて手渡してくれた。一気に飲み干したかったが、薬の影響(えいきょう)なのか少しずつしか飲み込めなかった。

「どうしてあなたが？　私たちを助けに来て捕まっちゃったの？」

「だったらかっこいいんだけど、そうじゃなくて……実は僕もオメガで、それがグレッチェンにばれて、きみたちと同じく商品として連れてこられたんだ」

　三人には、自分がオメガであることを告げておいたほうがいい。そう考えて、千歳は手短に事の次第を説明した。

　不本意ながら、これからしばらくの間この部屋で共同生活をすることになる。オメガ女性にとって、ベータ男性と同じ部屋で寝起きするなんて耐え難いことだろう。千歳がオメガだとわかれば、余計なストレスを感じずに済む。

「そうだったの？　ああ、どうして今まで気づかなかったんだろう。あなたは一緒にいて安心できる唯一の男性だったのに」

　ハンナの言葉に、千歳は小さく微笑んだ。

「ごめん、ハンナ。ポピーとデイジーが行方不明になるまで、きみが誘拐されたことに気づかなかった。きみのお姉さんを名乗る女性と電話で話して、すっかり信じ込んでしまって」

「いいのよ、こうしてまた会えたんだから」

　ハンナも弱々しく微笑み、ベッドの上で膝を抱える。母猫に寄り添う子猫のように、双子がハンナの両脇にぴったりとくっついた。

「きみたちは縛られてないよね？　どうしてさっきグレッチェンがドアを開けたとき、逃げようとしなかったの？」

責める口調にならないよう、三人の顔を見ながら穏やかに尋ねる。

双子は顔を見合わせて口ごもり、少しためらってからハンナが口を開いた。

「もちろん、連れてこられた当初は何度も逃げようとした。だけどそのたびに痛い目に遭わされるし……グレッチェンが体に傷痕を残すなって言ってからは、食事抜きで動物用のケージに閉じ込められたり」

三人が受けた凄絶な虐待に、千歳は言葉を失った。

「そういう経験をすると、だんだん抵抗する気力をなくすの。私はまだまし。可哀想に、ポピーとデイジーは過去の辛い記憶がフラッシュバックして、ここに来てからほとんどしゃべらなくなってしまって」

言いながら、ハンナがふたりを抱き寄せる。

双子の無気力な表情に、胸がずきりと痛んだ。施設に来たばかりの、心を閉ざしていた頃に戻っている。無事にここから脱出できても、心の傷を癒やすのに時間がかかりそうだ。

「あなたもオメガならわかるでしょう。私たち、施設に来るまで散々虐げられてきた。売られた先ではもっとひどい扱いを受けるかも。だけどオメガって結局どこに行ってもそういう扱いを受けるし、オメガとして生まれた以上、受け入れるしかないのかなって……」

ハンナの言葉に、思わず千歳は「それは違うよ！」と声を上げた。

双子がびくっと怯えたように首をすくめ、慌てて「大きな声を出してごめん」と謝る。

「僕もオメガだから、オメガとしてしか生きられない辛さはわかってるつもりだ。親が決めた婚約(こんやく)者と無理やり結婚させられそうになったし、アルファはオメガのこと好きなように支配できると考えてるし。だけどそれは違う。きみたちも僕も、他人に人生を操(あやつ)られちゃだめなんだよ。オメガだって自分の生き方は自分で選ばないと」

熱弁を振るったせいか、けほけほと咽(む)せてしまう。即座(そくざ)に双子が反応し、ふたりで背中を擦(さす)ってくれた。

「……ありがと。もう大丈夫(だいじょうぶ)」

ペットボトルに残っていた水を、今度は一気に飲み干す。

このままグレッチェンたちの思い通りにはさせない。なんとしても、三人を連れてここから逃げなくては。

(知らない国の変態親父(おやじ)に売り飛ばされるなんてごめんだ。僕の人生は全部僕が決める!)

ふいにレスターの顔が脳裏(のうり)をよぎる。このところレスターに流され気味だったが、彼との関係にもそろそろ結論を出さねばなるまい。

レスターの思い通りにはさせない。が、彼の意見にも耳を傾(かたむ)けようと思う。

もしかしたらレスターと同じ答えになってしまうかもしれないが、とことん考えて自分が納得(なっとく)したのであれば、後悔(こうかい)はしないだろう。

(まずはここから抜け出すことに集中しよう)

そう決めて、千歳は地下室を隅々(すみずみ)までチェックすることにした。

12

火曜日の午前六時十五分。

霧のかかった森の一本道を、黒いベントレーがなめらかに駆け抜けてゆく。

ちらりとダッシュボードのデジタル時計に目をやり、レスターは車のスピードを上げた。

――昨夜から千歳と連絡がつかない。

いや、正確にはメールでのやり取りはできている。しかし喉の痛みを理由に電話に出ようとしないことに心配と懸念がどんどん募り、居ても立ってもいられなくなって早朝にマンハッタンをあとにした。

体調不良への心配と、ひょっとして事件に巻き込まれているのではないかという懸念。

昨夜帰宅してメールをやり取りした時点では後者の可能性に思い至らなかったのだが、深夜に目覚めてふと気になり、再度『何時でもいいから電話してくれ。きみの声を聞くまで安心できない』とメールした。

電話も返信も来なかった。深夜三時に送ったので、普通に考えれば見ていない可能性が高い。自分が心配性を通り越して恋人の状況を逐一把握したがるストーカー気質の粘着男になった気がして少々気が滅入ったが、何かあってから後悔したくない。思うままに行動しようと心を決め、四時半にマンハッタンを出発した。

（何もなければそれでいい。体調不良の千歳を心配してマンハッタンから駆けつけた頼もしい婚約者、というイメージを与えることができるし）

途中の町で二十四時間営業のスーパーを見つけ、喉の痛みに効くというハーブティや各種フルーツ、プリンやシュークリームなどの生菓子も買い込んだ。できればマンハッタンの高級食料品店で買い揃えたかったのだが、こんな時間なのでやむを得ない。

（前代未聞だ。この俺が、誰かの見舞いに自ら手土産を買い揃えるとは）

可笑しくなって、車内でひとりくすくす笑う。

千歳と出会う前の自分だったら、こういう状況を苦々しく思っていただろう。誰かに気を取られて仕事を休んで二時間以上かけて会いに行くなんて、アルファとして情けないと。

今はそうは思わない。仕事を休み、二時間以上かけて会いに行きたい相手がいることに、空高く舞い上がるような高揚感を覚えている。

ひょっとして、これが幸福感というやつだろうか。

柄にもなくそんなことを考えていると、やがて車はヘブンズブリッジの中心部にさしかかった。すっかり見慣れた交差点を左折し、千歳の住むアパートを目指す。

アパートの前に車を停めて、レスターは千歳の部屋の窓を見上げた。

カーテンは閉まっておらず、明かりも点いていない。時刻はまもなく午前七時、人を訪ねるには非常識な時間だが、もう起きている頃だろう。

エントランスのインターフォンを鳴らすが、返事はない。

具合が悪くて倒れているのではないかと不安になり、レスターは管理人室と書かれた部屋のインターフォンを鳴らした。

三回鳴らしたところで、ようやく『はい？』と眠そうな男性の声が応答する。

「3Aの住人チトセ・タカトリの主治医だ。先ほどタカトリ氏から体調が悪いので往診に来てくれと要請があった。至急ロックを解除し、部屋に案内してくれ」


午前八時三十五分、黒いベントレーがヘブンズブリッジハウスの来客用駐車場に停車する。事務室は午前九時からだが、職員用の駐車場には既に何台か車が停まっていた。

ちょうど施設長のノーマ・スワンソンが運転する車が駐車場に入ってくるのが見えたので、彼女が車から降りるのを待ってレスターは静かに近づいた。

「おはようございます」

「うわっ、ああもう、驚かせないで」

振り返ったノーマが、レスターを見て盛大に顔をしかめる。

「ダットンさん、なぜここへ？　ヘブンズブリッジハウスは特別なことがない限りアルファは出入り禁止だと申し上げたはずですが」

「今がその特別な事態なんです。昨夜から千歳と連絡がつかない。体調不良で電話に出られないとメールは来てるんですが、今朝彼のアパートに行ったらもぬけの殻で、昨日帰宅した形跡もないんです」

「え……ちょっと待って。千歳の車はそこにある。今日は早めに出勤してるのかも」

「すぐに確認してください」

ノーマを急き立て、事務室のある建物へ向かう。ノーマはまだ何か言いたげだったが、レスターは気づかぬふりで彼女に続いて建物の中へ入った。

「おはよう、千歳は来てる？」

ノーマが廊下を通りかかった中年の女性職員に尋ねると、「まだです」と返ってきた。

心臓が早鐘を打ち始める。自分の勘違いであってくれと願うが、一刻も早く現実を直視して対応したほうがいい。

「千歳のオフィスは？」

「ここです」

ノーマがドアを開けると、デスクの前に座っていた若い女性職員が驚いたように顔を上げた。

「グレッチェン、千歳を見なかった？」

「いえ、今朝はまだ」

「あなたここで何をしてるの？」

「経費の書類を持ってきたんです。昨日千歳に渡すのを忘れてて……」

彼女の目が左右に泳ぐ。不意を突かれて立て直す暇がなかったのだろう、明らかにひどく狼狽していた。

「千歳は昨日の退勤後、きみの物件の内覧につき合ったはずだ。きみの車で行ったのか？」

つかつかと歩み寄って詰問すると、グレッチェンがこくこくと頷く。

「千歳をアパートまで送って……このあとデートの約束があるから車は職場の駐車場に置いたままにしておくって言ってた。明日は恋人に送ってもらうからって」

「嘘だな」

グレッチェンの言葉を、レスターはばっさりと切り捨てた。

千歳が自分のことを〝恋人〟だと言うはずがない。もちろん心の中では実質そうだと認めざるを得ないところまで来ているだろうが、そういった事情をわざわざ他人に説明する義理はないので黙っておく。

「ちょっと、いきなり失礼じゃないですか？　私は嘘なんてついてません」

グレッチェンが形勢を立て直して反撃してきたので、レスターは情報を引き出そうと彼女を煽ることにした。

「アルファが鋭い嗅覚を持ってることを知ってるか？　今のきみからは、人間が強い緊張と不安を覚えたときに発する特有の匂いがしている。千歳のことで何か隠してるな」

「匂い？　そんなのどうとでも言えるわ。ひどい言いがかり」

「隠すことがないのなら、きみが昨日内覧に行ったという物件の住所を言いたまえ」

「住所なんかいちいち覚えてない」

「不動産業者とやり取りした記録を見ればいい。スマホで連絡取り合ってるだろう？」

　グレッチェンが渋々スマホを取り出す。彼女の手からスマホを奪い取り、レスターは素早く通話やメールの記録をスクロールした。

「好きなだけ見て。隠すことなんか何もないもの」

　グレッチェンが腕を組み、椅子の背に深々ともたれる。

　見られても構わないということは、このスマホには後ろ暗いところがないのだろう。つまりこれは表の顔用で、裏の顔用のスマホが別にあるということだ。

「施設長、彼女のデスクに案内してください」

「ちょっと！　勝手に私物を漁るつもり⁉」

　グレッチェンが血相を変えて立ち上がる。

　両手を上げ、レスターは掴みかかってきた彼女に抵抗せず好きなようにさせた。押されて大袈裟によろめいてみせ、「暴力を振るわれたので警察を呼んでください」とノーマに告げる。

「なんですって？　いくらなんでもそれは」

「責任は全部俺が取るので言う通りにしてください。この女は千歳の居場所を知っている。ハンナと双子の誘拐にも関わってるはずだ」

「証拠は？　確実な証拠がないと……」

「俺は警察じゃないから証拠なんか知ったこっちゃない。千歳を取り戻すためならどんな手でも使う」

　はったりではなく本気だ。表面上は淡々と冷静に振る舞っているが、皮膚の下では大量のアドレナリンが全身を駆け巡っている。グレッチェンの首を絞めて千歳の居場所を吐かせたい衝動をどうにか抑え、レスターは頭の中で千歳救出の最短ルートを模索した。

「痛っ！　放してよ！」

とりあえずグレッチェンの両手首を捻り上げ、視界の端に入った粘着テープを使って動きを封じる。グレッチェンは何やら喚きながら暴れていたが、レスターの本気の腕力に敵うはずもなかった。

「わかった、全部話す。仕方なかったのよ、私も脅されて、無理やり協力させられて……っ」

粘着テープで椅子に固定されたグレッチェンは、被害者を装うことにしたようだ。

もちろん信じていないが、これは突破口になる。グレッチェンの話を信じたふりをして、レスターは態度を少し軟化させた。

「正直に話せば悪いようにはしない。千歳たちはどこにいる？」

「サウスロード586番地、古い空き家の地下室」

「仲間は全部で何人だ？」

「私を入れて四人。首謀者の男、その弟と彼女。私は首謀者のアッシャーとつき合ってて、計画を知って止めたんだけど、協力しないと恥ずかしい写真をネットにばらまくと脅されて……」

グレッチェンの話に、レスターは同情しているように見える表情を作った。

「手荒に扱ってすまない。痛いだろうから少し緩めよう」

粘着テープを何箇所か剥がし、「ノーマ、一緒に来てください」と促す。

「え、でも、誰かグレッチェンを見張っておかないと」

「誰か代わりに見張りを寄越します」

事務室を出てドアを閉めると、レスターは廊下を急ぎながら声を潜めた。

「グレッチェンは嘘をついている。彼女を逃がして追跡します。あなたは警察に通報して、念のため彼女が言ってたサウスロードの住所も調べるよう伝えてください」

「いいけど、グレッチェンが嘘をついてるって確信はあるの？」

ノーマの質問に、レスターは肩をすくめた。

「確信はないが、勘は鋭いほうなんです。これまで嫌ってほど狡猾で不誠実な人間を見てきたので」

「千歳、疲れたでしょう。代わるわ」

ハンナの心配そうな声に、千歳は振り返って笑みを浮かべた。

「大丈夫だよ。もう少しでネジが緩みそう」

——古いログキャビンの地下室。窓も時計もないので今が何時なのかわからないが、おそらく千歳が閉じ込められてから十二時間ほど経っているはずだ。

昨夜は薬の影響が残っていて体に力が入らず、ハンナたちとひとしきり話したあと、電池が切れたように眠りに落ちた。今朝――多分今朝だが、目が覚めると頭痛や倦怠感が薄れていたので軽くシャワーを浴び、ビスケットを数枚水で流し込んで脱出作戦に取りかかったところだ。

出入り口は木製のドアのみ。連れてこられたときに南京錠が取り付けられているのを見たが、ドア自体はさほど厚みもなく、古びて少し歪んでいるような代物だった。

ドアを丹念に調べ、ノブ側ではなく蝶番のほうを攻めることにした。金槌のようなもので叩き続ければ、錆びた蝶番は緩んでいくはず。金槌はないので木製のスツールの脚を使って叩き続けることにし……。

「大きな音を立ててごめんね。きみたちにとってはこの音もストレスになるって知ってるんだけど、もう少しだけ我慢して」

部屋の隅でぴったりくっついて蹲っている双子に声をかけ、再びドアにスツールの脚を打ちつける。

ハンナによると、犯人一味は二日に一回程度しか様子を見に来ないらしい。若い女性だけなので逃げられやしないと高をくくっているのだろう。千歳のことも男性ではなく非力なオメガと見なし、特に警戒していないようだった。

彼らが来る前に、早急にこのドアを壊さなければ。

地下室から抜け出しさえすれば、どうにかできるはずだ。千歳も他の三人も靴がないが、シーツを裂いて巻き付ければ足裏を保護できる。

「絶対に、ここを出て、三人を、連れて帰る！」

節をつけて呟きながら、千歳は疲れた体を叱咤してドアを叩き続けた。

『ここから出たら、まずいちばんに何をしたい？』

今朝ハンナと双子に尋ねると、ハンナは新鮮な野菜と果物を食べたいとため息をつき、双子はしばし顔を見合わせ、ポピーは砂糖がたっぷりかかったドーナツ、デイジーは何味でもいいからアイスクリームを食べたいと呟いた。

『千歳は？』

『僕はまだ一日目だから食べたいものはないけど……そうだね、ここから出たら、後悔しないように生きたい』

千歳の言葉に三人はしばし黙り込み、それからぽつぽつと将来の夢について語り始めた。

ハンナは切実に子供が欲しいと思っていること。そのために、施設の縁組み支援プログラムだけでなく出会いの場を広げようと考えていること。

ポピーとデイジーはプログラミングを学びたいと思っていること。自分たちは性格的にも社会に出るのは難しいだろうから、在宅でできる仕事を見つけて自立したいこと。

自分はどうだろう。大学に進学する決心はついたが、問題はレスターとの関係だ。

認めるのは癪だが、レスターと一緒にいるのは結構楽しい。レスターの俺様発言に遠慮なく言い返せるようになってきたし、レスターは父のように頭ごなしに命令するタイプではなく、意外と懐が広いこともわかってきた。

交際や結婚はまだ考えられないが、ときどき会って食事をするくらいの関係は続けたい気がする。

（けど……一緒にいたら、いつかまたヒートが来てしまう気がする）

　ヒートが来てセックスして、そういうことを繰り返していれば当然妊娠する。レスターと結婚すると仮定して、果たして自分は恋愛感情抜きの契約結婚に耐えられるだろうか。

　考え事をしているうちに手が疎かになっていたことに気づき、再びスツールを振り上げたそのとき。

「足音がする！　誰か来た！」

　駆け寄ってきたハンナに腕を摑まれる。急いでスツールを元の場所に戻し、千歳はハンナと並んでベッドの端に掛けた。

　誰かが階段を勢いよく駆け下りてくる。

　足音はひとり分だ。グレッチェンか、それとも男のほうか。息を潜め、膝の上で拳を強く握り締めて待ち構えていると、ドアの向こうで足音が立ち止まった。

「千歳！　いるなら返事してくれ！」

　ドアを叩きながら叫ぶ声に、千歳は驚いて目を見開いた。

「レスター!?」

「ああ、俺だ。くそっ、鍵はどこだ!?　ああもう！」

　何度かドアに体当たりしてから、レスターが「ちょっと待っててくれ」と階段を駆け上がっていく。

「ポピー、デイジー、大丈夫だよ。レスターは僕たちを助けに来てくれた人だから」

壁とベッドの隙間に蹲り、すっかり怯えきっている双子に声をかける。ハンナがふたりの傍へ移動し、優しく手を握った。

「千歳！　ドアから離れてくれ！　ドアを壊す！」

「了解です！　どうぞ！」

千歳が答えたとたん、レスターが何かでドアを叩き始めた。

木製のドアがメリメリと音を立てて割れていき、裂け目から鬼のような形相で斧を振りかざすレスターの姿が現れる。

——あとから思えば、完全にホラー映画のワンシーンだった。

ハンナはともかく、双子はレスターと面識がない。髪を振り乱し、目を血走らせ、悪態をつきながら一心不乱にドアを叩き壊す姿は、凶悪な殺人鬼にしか見えなかっただろう。

けれど千歳の目には、ヒロインの危機に颯爽と現れた頼もしいヒーローにしか見えなくて——

—。

大きな音を立てて、ドアが床に倒れ落ちた。

レスターが斧を投げ捨て、壊れたドアを踏みつけてのしのしと歩み寄ってくる。

非現実的な光景に茫然と立ち尽くしていると、レスターに正面から体当たりするように抱き締められた。

「うわっ、よくここがわかりましたね。警察には？　グレッチェンたちはどうなったんです？」

レスターの少々情熱的すぎるハグに動揺し、早口でまくし立てる。

耳元でふっと笑う気配がして、低い声が「その話はあとだ」と囁きかけてきた。

両肩をぐいと掴まれて、じっと目を覗き込まれる。

先ほどまで血走っていた灰色の瞳は、落ち着きを取り戻していた。しかしよく見ると、瞳の奥で何やら不穏な青い炎が揺らめいている。

「きみが攫われたことに気づいて生きた心地がしなかった。きみの気持ちなんか知ったこっちゃない。俺のために俺と結婚してくれ」

これはプロポーズなのだろうか。

ロマンティックな要素は皆無、つべこべ言わずに契約結婚の書類にサインしろと迫られているようで、千歳はむっとして唇を尖らせた。

「僕も舐められたものですね。そんな言い方でイエスって言うと思います?」

「どう言えばいいんだ?　きみがいなくなるのはもう耐えられない。だからきみを人生の伴侶にするしかない」

「他に候補がいないから仕方なく?」

レスターが「違う。ああ、まったく」ともどかしげに呟き、千歳の目をまっすぐに見据えた。

「きみのことが好きだと言ってるんだ」

「…………」

レスターの言葉が咄嗟に飲み込めず、数秒遅れて脳に到達する。

理解すると同時に全身の血が沸騰し、顔が赤くなっていくのがわかった。

（レスターが、僕のことを好き……？）

レスターの言葉を整理すると〝きみのことが好きだから結婚したい〟と言っているように聞こえるのだが、これは契約結婚ではなく恋愛結婚という解釈でいいのだろうか。

灰色の瞳を見つめたまま固まっていると、パチパチパチと拍手の音がして我に返った。

振り返ると、ハンナが目を輝かせながら手を叩いている。ポピーとデイジーも、目をまん丸にして頰を紅潮させていた。

「素敵！　映画やドラマじゃよく見るけど、現実のプロポーズって初めて見たわ」

「えっ？　いやこれは……」

慌てて否定しようとするが、ハンナの言う通りこれはプロポーズなわけで――狼狽えていると、パトカーのサイレンの音が近づいてくるのが聞こえた。

「返事を急かしたいところだが、いったん保留だな」

ため息をついたレスターが、千歳の肩から手を離して一歩あとずさる。

「グレッチェンたちは？　どうしてここがわかったんです？」

「あとで詳しく説明するが、グレッチェンが怪しいと睨んで追跡したんだ。グレッチェンは車の後部トランクに閉じ込めてある。おっと、女性に暴力を振るうなとか言うなよ？　必要最小限に留めたから、怪我はしてないはずだ」

「あなたは？　怪我してません？」

「大丈夫だ、グレッチェンに反撃されたから、どこかに痣くらいはできてるかもしれないが」

レスターが答えたところで、パトカーが到着して数人の警察官が駆け下りてきた。

「被害者四名を発見、全員無事です！」

「四人ともまずは病院へ。外に救急車が待機してます」

警察官に促されたが、「僕はひと晩だけなので大丈夫です」と辞退する。

「ひと晩だけでも、念のために診察を受けていただいたほうが」

そういえば薬を嗅がされて意識を失ったのだった。警察官の言う通り、一度医者に診てもらったほうがいいだろう。

「あなたが通報者のダットンさんですね。供述を取らせていただきたいので、署までご同行ください」

警察官の要請に、レスターは首を横に振った。

「俺も千歳と一緒に病院に行く。供述はあとにしてくれ」

レスターに肩を抱き寄せられ、千歳はぎょっとした。体の中心に覚えのあるぴりりとした感覚が走ったのだ。

（え⁉　まさか今⁉）

もちろん抑制剤は毎日飲んでいる。が、監禁されていたせいで今朝飲むべきだった薬を飲みそびれていたことを思い出した。

抑制剤を服用していなかったことを今の今まで忘れていたなんて、日頃の自分では考えられない失態だ――。

「ちょ、ちょっと待ってください……っ」

慌てて立ち止まり、この窮状にどう対処すべきか頭を高速で回転させる。けれど思考は空回りするばかりで、具体的な案は何も出てこなかった。

そして千歳のヒートが始まったことに、アルファのレスターが気づかぬはずもなく――。

「すまない、千歳は病院に行く前に休憩が必要だ。あとで俺が責任を持って病院に連れて行く」

レスターに抱き寄せられて、飛び出しそうになった悲鳴を慌てて飲み込む。

「えっ？　具合が悪いんですか？」

「そういうわけじゃないが、休憩が必要な場合もあるだろう？」

警察官の質問をはぐらかし、レスターが軽く屈んだ。

体がふわりと宙に浮き、温かな体温に包まれる。レスターに横抱きにされていることに気づいて「降ろしてください」と言おうとするが、喉がくっついてしまったかのように声が出なかった。

（あ……っ）

レスターが階段を上り、その振動が官能に変換されて体の隅々へ広がってゆく。こうなったらもう自分の体をコントロールできないことは、前回のヒートで学習済みだ。

「レスター……」

ベントレーの助手席にそっと降ろされ、千歳は声を絞り出した。

「ここからだと、きみのアパートよりホテルのほうが近いな」

「……っ」

「きみがどうしたいか、ホテルに着いてから改めて尋ねる。嫌なら何もしない。さっきのプロポーズの返事も含めて、どうしたいか考えておいてくれ」

早口で告げて、レスターが車のエンジンをスタートさせる。

車の振動がますます体を疼かせ、いろいろ考えたいのに何ひとつ考えがまとまらなかった。

(だめだ、なんかもうセックスのことしか考えられない……っ)

初めてのヒートのときは、未知の領域に踏み込む不安と恐怖が大きかった。

けれどレスターとのめくるめく夜を経た今、期待と渇望だけが勢いよく渦巻いている。

「ん……っ」

下腹部を疼かせる熱に、千歳はシートベルトに摑まりながら前屈みになった。

ズボンの下で、ペニスが窮屈そうに頭をもたげている。先走りも漏れ始めており、早く脱がないとズボンの前に恥ずかしい染みができてしまいそうだ。

「……っ、あ……っ」

舗装が古びているせいか、この道路は凸凹が多い。車が上下に揺れるたびに、下着に染みが広がっていくのがわかる。

「……ああ……っ!」

車が急カーブを曲がったところで、堪え性のない体はあっけなく絶頂を迎えた。

濃紺のズボンの前に、はっきりそれとわかる白濁の染みが浮き上がる。急いで隠そうと両手で覆うと、はしたないペニスはそれすらも新たな刺激と捉え、悦んでぴくぴくと震えた。

（うう、最悪……）

二十四にもなって服を着たまま射精してしまうなんて、恥ずかしくて消え入りたい。しかも走行中の車の助手席、ついさっきプロポーズしてきた男性の隣で。

レスターがスピードを緩めてどこかの駐車場に入ったので、もうホテルに着いたのだろうかと千歳は視線を上げた。

ホテルではなく、町外れの鄙びた安モーテルだ。空室ありの電光掲示板は電球が二文字切れているし、外壁は塗り直すべき時期をとっくに過ぎている。

「千歳、悪い。俺ももう限界だ」

エンジンを止めて、レスターが苦しげに呻く。

思わず視線を向けると、レスターのズボンの中心も力強く盛り上がっていた。

「……っ」

車という狭い空間で、ヒート中のオメガが助手席で射精したのだから、アルファとして当然の反応だろう。このモーテルがなければ道端に停めた車内でことに及ぶ羽目になっただろうから、ベッドのある部屋というだけで上等だ。

「……チェックイン、お願いできます？」

股間を押さえたまま、もじもじと膝をすり寄せる。

「ああ、行ってくる」

勢いよく車のドアを開け、レスターがのしのしと大股でモーテルのオフィスへ突き進む。

一分後、部屋の鍵を手にしたレスターが前屈みの体勢で戻ってきた。

「歩けるか？」

「ええ、大丈夫です」

端から見たら奇妙なふたりに見えたに違いない。ぎくしゃくと不自然な歩き方で、いちばん端の部屋の前にたどり着く。

鍵を開けて室内になだれ込み、ドアが閉まるか閉まらないかのうちにレスターに抱き締められた。

千歳もレスターの背に手をまわし、厚い胸板に顔を埋める。肩を摑まれ顔を上げると、少々乱暴に唇を塞がれた。

「ん……っ」

体の中心の熾火が、新たな刺激を得て再び燃え上がる。拙いなりに、千歳も必死でキスに応えた。

押し入ってきた熱い舌が口腔内を無遠慮にまさぐる。自分も同じようにレスターの口腔内へ舌を入れようとするが、力強い舌に阻まれてしまう。

まるで腕相撲のようだ。レスターの強引で力強い舌には歯が立たなくて、諦めて千歳はしばし暴君に好き放題させることにした。

粘膜の密接な触れ合いが、着実に千歳の体を骨抜きにしていく。足の力が抜けてよろめいたところを、逞しい腕が抱き支えてくれた。

「……それで、返事は？」

キスを中断し、レスターが囁く。

「……返事って？」

口腔内に残る甘く痺れたような感覚にうっとりしつつ、掠れた声で問い返す。

「プロポーズだ。俺と結婚する気になったか？」

「今それを訊くんですか？」

「今訊かないでいつ訊くんだ？　結婚の約束をして盛り上がったところでセックス、これぞハッピーエンドだろう？」

「その件はもう少し考えさせてください。今の僕は……あなたもですが、理性も分別もないただの動物です」

「確かに、ふたりとも発情中の獣だな」

レスターが腰を動かし、硬く盛り上がった牡の象徴を擦りつけてくる。淫らな動きと生々しい感触に、千歳は抗議の声を上げた。

「ひゃっ、変なことしないで……っ」

「動物に言葉は通じない」

「ちゃんと通じてるじゃないですか！」

レスターが声を立てて笑い、千歳の体を軽々と抱き上げる。

ダブルベッドにそっと横たえられて、千歳はレスターの顔を見上げた。

「プロポーズの返事は急がなくていい。遅かれ早かれきみはイエスと言うはずだ」

ベッドの脇に立ってワイシャツのボタンを外しながら、レスターが余裕たっぷりに言ってのける。

——自分でもわかっている。レスターとの結婚が、避けられない運命だということを。

けれど素直に認めるのは癪で、もう少し返事を引き延ばすことにした。

「その自信はどこから来てるんです？」

上半身を起こしてレスターに背を向け、そそくさとシャツとズボンを脱いで床に落とす。

射精で汚したボクサーブリーフを脱ぐときに羞恥心が頭をもたげそうになったが、それも一瞬のこと。オメガの本能に支配されつつある千歳の頭の中は、早くレスターと交わりたいという欲望が優勢だった。

「動物の勘だ。きみと初めて会ったとき、きみとの間には何かあると感じた。それが具体的になんなのか、あのときはまだわからなかったが」

「……っ」

千歳の脳裏にも、レスターと初めて会ったときの記憶が鮮やかに甦る。

恐怖や嫌悪感——あれは自分の平穏な生活を乱され、必死で守ってきた理性を奪われる予感に戦いていたのだ、と今ならわかる。

一糸まとわぬ姿となり、千歳はベッドの上に仰向けに倒れ込んだ。

同じく生まれたままの姿のレスターが、どさりと無遠慮にのしかかってくる。

レスターの体温と重みに、千歳は吐息を漏らした。

ふたりとも髪が乱れ、肌は汗ばんでいる。今朝ログキャビンの地下室で軽くシャワーを浴びたが、日頃の念入りな入浴と比べたら行水程度。レスターも斧を振りまわしてひと暴れしたせいか、珍しく汗の匂いをまとっている。

理性が働いていれば互いの状態が気になったのだろうが、獣モードの今、まったく気にならなかった。というか、むしろ自分は今レスターの牡の匂いにひどく興奮している。

息を乱しながら、千歳はレスターの口づけに応えた。レスターの舌が唇から顎へ、そして首筋へと降りてくる。

「ひっ！」

乳首を甘噛みされ、思わず千歳は叫んだ。全身にびりびりと衝撃が走ったのだ。

「痛かったか？」

「ん、ちょっと、びっくりして……」

レスターに歯を立てられた乳首が、ずきずきと疼いている。淡いピンクの小さな乳首は、いつのまにかつんと乳頭を尖らせていた。

「こうやって舐めるのは痛くないだろう？」

「ああっ、やっ、だめ……っ」

痼った肉粒を舌で転がされ、先ほど全身に走った衝撃は快感の序章だったのだと理解する。

執拗に舐められ、舌先でつつかれ、千歳は胸を掻きむしりたくなるような快感に喘いだ。

「やっ、また出ちゃう、あ、ああん！」

レスターと体を密着させたまま、千歳は二度目の精液を漏らした。まだ序盤だというのに、初な体がいちいち反応しすぎて嫌になる——。

レスターが低く唸り、体を起こす。射精の余韻でぼんやりしつつ、千歳は彫刻のような見事な体をうっとりと見上げた。

広い肩、厚い胸板、逞しい腕——エンジェルレイクで初めて結ばれたときはそれどころではなかったが、改めてレスターの雄々しい体軀に見とれてしまう。

「あまり煽らないでくれ。これでも抑えてるんだ」

「え？　別に煽ってなんか……」

「そんな熱っぽい眼差しで見られたら、俺も抑えが利かなくなる」

言いながら、レスターが千歳に見せつけるように膝立ちになった。

力強くそそり立った巨根が、その大きさを強調するようにぶるんと揺れる。

たっぷりと子種を湛えた重たげな陰嚢、血管の浮いた太い茎、大きく笠を広げた亀頭——こうして正面からまじまじと見たのは初めてで、その淫猥な造形に千歳は息を呑んだ。

成熟したアルファのそれは、オメガの自分のそれと同じ器官とは思えなかった。

この逞しい巨根を一度は自分の中に受け入れたのだと思うと、体の奥から欲情の大きな波がうねりながら押し寄せてきた。

性交による快楽への欲望。そして、このアルファの子供を孕みたいというオメガ本来の欲望。

「千歳、きみも知っての通り、確実な避妊は保証できない」

レスターが眉根を寄せ、歯を食いしばるようにして告げる。

「妊娠したくないと思ってたら応じません。僕たちは今動物で、これからしようとしていることは子供を作るための行為だし」

言いながら、千歳は自ら脚を広げた。

体がレスターを受け入れる準備を整えているのがわかる。蕾は柔らかく蕩け、肛道は充分に濡れて潤い、逞しい男根で貫いて欲しくてうずうずと疼き……。

「つまり、プロポーズはOKということか？」

「動物が交尾の前にいちいちそんなこと確かめます？」

「まあそうだな。今はきみを孕ませることに集中しよう」

にやりと笑い、レスターが千歳の脚を抱えて交接の体勢を取る。

初めてのときは後ろから挿入されたので結合部もレスターの表情も見ることなく終わったが、今度は正常位なのでいろいろと刺激的な情報が目に入った。

（うわ、うわ……っ、あんなおっきいのが……っ）

先走りで濡れた大きな亀頭が、初々しい蕾に押し当てられる。

初々しいのは表面だけで、千歳の媚肉はいやらしく蠢いてレスターを待ち構えていた。

「あ、あ……すごい……っ」

肛道を押し広げて入ってきた亀頭に、千歳は声を上擦（うわず）らせた。

「すごいのはきみのほうだ。柔らかいのに締め付（つ）けてきて……まったく」

何やら悪態をつきながら、レスターがぐいと腰を突き入れる。

「ひあっ！」

しっかり張り出した肉厚の雁（かり）が、敏感（びんかん）な媚肉を容赦（ようしゃ）なく擦る。生々しいその感触に、千歳は足の指を引きつらせた。

体位のせいか、それとも二回目で少し余裕ができたのか、レスターの太さや硬さ、形がよくわかる。レスターと繋（つな）がっている場所だけ感覚がクリアで、他（ほか）は全部ふわふわと宙に浮いているような……。

「あっ、そこ、だめ……っ！」

肛道のある一点――おそらく前立腺（ぜんりつせん）を集中的に擦られ、悶絶（もんぜつ）する。

「ここを突くのはだめなのか？　気持ちよさそうに見えるが」

「だめっ、気持ちよすぎて、どうにかなっちゃうから！　ああっ！」

もしかしたら。また射精してしまったかもしれない。何か出たような気がするが、それが先走りなのか精液なのか、それともタンクはもう空になって出すものがないのか、自分の体なのにそれすらもわからなかった。

「俺も気持ちよすぎてどうにかなりそうだ」

レスターが歯を食いしばりながら何か呟いている。けれど発情した牝と化した千歳の耳には、魅惑的で心地いい声だということしか伝わらなかった。

「あっ、ひあああああっ！」

レスターに最奥を突き上げられ、体がバラバラになりそうな激しい快感に声を上げる。しばし意識が遠のき、最奥に熱い飛沫を感じて千歳は我に返った。

（レスターの子種、いっぱい……）

結婚だとか今後の生活だとか、そんなことはあとで考えればいい。今はただ、オメガの本能に従ってレスターの子を孕むことしか考えられない。

レスターの射精は長く続いた。ヒート中のアルファの射精は二十分から三十分ほど続くという。レスターが今ヒート中なのかそうでないのかわからないが、そんなことはどうでもいい。快感と悦びを心ゆくまで味わっていると、レスターが何やら耳元で囁いてきた。

（何……？）

大きな手が首の後ろにまわされ、しきりにまさぐられる。焦点の合わない目で見上げると、灰色の瞳に青い炎が揺れていた。

「——噛んでいいか？」

ようやく聞き取れたセリフに、千歳はこくりと頷いた。

13

――オメガ誘拐監禁事件から約一ヶ月、八月最後の土曜日。

荷造りを終えてがらんとしたアパートの部屋を、千歳は感慨深い思いで見まわした。

開け放った窓から、爽やかな風が吹き込んでくる。空気にほんのりと秋の気配が感じられ、今朝目覚めたときに少し肌寒く感じたことを思い出す。

（まあ、暖かいブランケットが傍にあったから、体を冷やさずに済んだけど）

暖かいブランケットの正体はレスターだ。昨夜遅くにマンハッタンからやってきて千歳の部屋に泊まり、明け方目覚めると背中にぴったりくっついていた。

シングルサイズのベッドにふたりで寝るのは窮屈だったが、そんなことが気にならないくらい、ほとんどずっとレスターの腕の中にいたように思う。

昨夜のあれやこれやが甦り、じわっと頬が熱くなる。今週はお互い仕事が忙しかったので、五日ぶりの逢瀬だったのだ。

『悪い、ちょっとしつこかったかな。ベイビーはどう思う？』

たっぷり愛し合ったあと、そう言ってレスターが千歳の腹を優しく撫でた。

――そう、千歳のお腹には新しい生命が宿っているのだ。

あの日町外れのモーテルで、千歳はレスターの子を孕んだ。

レスターと交わっているときから、妊娠する予感は大いにあった。セックスに関しては初心者同然なのに、なぜかあのとき、今まさにレスターの精子と自分の卵子が受精しているのがわかったのだ。

『ベイビーは寝てたので何も知りませんって言ってます』

妊娠中にもかかわらず破廉恥なセックスに溺れてしまったのが気恥ずかしくて可愛げのない答えになってしまったが、レスターはくすくす笑っていた。

『そのほうがいい。生まれてからも、きみはパパとママの寝室には立ち入り禁止だ』

昨夜の記憶をたどりながら、そっと首の後ろに触れる。レスターと番になった証、あの日噛まれた痕が、まだ少し疼いていた。

初めて会ったときは、まさかレスターとこんな関係になるとは思いもしなかった。

そして、自分がニュースで報道されるような事件に巻き込まれるなんて。

事件が注目されたのはほんの数日だった。次々新たな事件が起きる昨今、小さな町の事件はすぐに忘れられてゆく。ヘブンズブリッジの町は何事もなかったかのように平穏な日常を取り戻し——さすがにヘブンズブリッジハウスは二週間ほど空気がざわついていたが、それもようやく落ち着いたところだ。

事件の犯人グループは四人、グレッチェンと彼氏のアッシャー、アッシャーの弟とその彼女で、首謀者はグレッチェンだった。日々若い女性オメガたちに接するうちに誘拐を思いつき、ダークウェブを通じて人身売買組織と連絡を取り合っていたらしい。双子のSNSの件はグレッチェンの作り話で、道理で警察がいくら調べてもアカウントが見つからなかったわけだ。

グレッチェンには多額の借金があり、窃盗の容疑で逮捕されたこともあるという。当時は証拠不十分で釈放されたそうだが、パウエル刑事は叩けばたくさん埃が出てくる可能性が高いと話していた。

ハンナと双子が味わわされた苦しみを思うと、グレッチェンに同情はできない。反省して更生してくれることを願うばかりだ。

あの日地下室から救出されたハンナと双子は、多少栄養不足が見られるものの、健康には問題なしと診断された。彼女たちの場合は体よりも心に負ったダメージが大きく、特に双子は施設に戻ってからも不眠や情緒の不安定に悩まされている。

けれど施設に来た頃よりはましな状態で、昨日は他の入居者たちと遊びながら笑顔も見せていた。おそらく地下室での辛い日々に、ハンナが寄り添っていたからだろう。

ハンナがいなかったら、双子は心を保てなかったのではないか。内気で繊細なハンナが見せた意外な芯の強さには、千歳も大いに驚かされた。

ハンナはこの秋からヘブンズブリッジホテルで客室係のアルバイトを始めることになっている。婚活の範囲を全米に広げるため、まずは旅費を稼ぎたいとノーマに直談判したのだ。

そんなハンナに、千歳は自分が乗っていた愛車をプレゼントすることにした。整備してぴかぴかに磨き上げ、昨日鍵を渡してきたところだ。

『いいの？　ありがとう！　だけどあなたも自分の車がないと困るんじゃない？』

『いいんだ。マンハッタンで車を運転する自信ないし、どこかに出かけるにしても、都会は駐車場を見つけるのもひと苦労だし』

――そう、このアパートを引き払って、千歳はマンハッタンのレスターのアパートに引っ越すことになったのだ。

アパートと言ってもレスターが住んでいるのはセントラルパークを見下ろす高層ビルのペントハウスで、ビルの前に制服姿のドアマンが立っている超のつく高級物件だ。何度か訪れたことがあるが、いまだに自分があの現代アート美術館のような部屋で生活する姿が想像できない。

『ここは子育てには向かない街だから、近々コネチカット辺りの庭付きの一軒家に引っ越そう。俺も今抱えてる案件が終わったらリモートワークを増やせるし、どっちにしてもマイクロファイナンス事業を起ち上げる際にはマンハッタンから出ようと思っていたし』

レスターとの婚約、LAの両親への報告、レスターの両親への挨拶――この一ヶ月、自分でも混乱するほど目まぐるしい日々だった。

両親とは電話で話しただけで、会いに行く予定はなかったのだが、来月レスターと一緒にLAに行くことになっている。十七歳で家出してから実に七年ぶりの帰郷で、正直父と和解できるかどうかはまだわからないが、レスターに説得されて会うだけ会ってみることにした。

『七年も経ってるんだから、お父さんも考えを変えたかもしれないだろう？　結婚式でいきなり険悪な空気にならないよう、一度会っておいたほうがいいと思う』

『どうかな……。結婚式に招待するかどうかは、会ってから考えます』

――そう、なんと結婚式の日取りも決まっているのだ。

レスターの行動は何事もスピーディで驚かされる。世界の中枢マンハッタンでビジネスマンとして成功するには、この決断力と行動の速さが必要不可欠なのかもしれない。レスターの仕事の状況次第だが、新婚旅行の計画まで固めつつあるのだから大したものだ。

そんなわけで、千歳の大学編入計画のほうはいったん保留となった。けれどそれほど残念には思っていなくて、ノーマのように子育てを終えてからでも遅くないと思っている。

今はお腹の中の小さな命のことしか考えられない。

この子を無事に育てるためには自分のすべてを犠牲にしてもいい、と思えるほどに。

(――あ、レスターだ!)

アパートの駐車場に入ってきた黒いベントレーに気づいて、千歳はぱっと顔を輝かせた。

昼食の買い出しに行ってくれたレスターが、紙袋を手に運転席から降りてくる。

顔を上げたレスターと目が合い、千歳は小さく手を振った。

レスターが笑顔になり、紙袋を掲げて見せる。一分後、部屋のドアを開けたレスターが、開口一番に「いいことを思いついた」と両手を広げた。

「なんです？　あ、ターキーサンドあったんですね。人気だから売り切れかと思ってた」

紙袋を受け取って中を覗き、テーブルの上にサンドイッチを並べていく。

「子供の名前だよ。男女どっちでもいけて、個性的でユニークな名前」

「珍しい名前よりオーソドックスな名前のほうが好きなんですけど……」

「ウォルナッツだ」

「ウォルナッツ？」

レスターはいったいどうして子供に胡桃と名付けようと思ったのだろう。

「わからないか？　俺たちが泊まったモーテルの名前だよ。ウォルナッツ・インって名前だったろう。愛称はウォルかウォリー、小さいうちはナッツって呼ぶのもいいな」

レスターの得意げな顔とは対照的に、千歳の顔はみるみる青ざめてゆく。

「だめです、絶対にだめ！　子供に名前の由来を訊かれたらどう答えるんです⁉」

「パパとママの思い出のモーテルだって言えばいい」

「だめです！　認めません！」

真っ赤になって言い返すと、レスターが眉をそびやかした。

「ふん、まあいい。ベイビーが生まれるまでまだ九ヶ月ある。話し合う時間はたっぷりあるし、きみもそのうち気が変わるかもしれない」

「気は変わりません。もっと他にいい名前があるはずです」

レスターは自分の思い通りに事を運ぶのが上手い。だがこればっかりは譲れない、絶対に。

余裕たっぷりの笑みを浮かべ、レスターが千歳の肩を抱き寄せた。

「――とりあえずランチにしようか、ウォルナッツちゃん」

あとがき

こんにちは、神香うららです。お手にとってくださってどうもありがとうございます。

初の！　オメガバースです！

数年前から流行ってるのは知っていたのですよ。が、なんか設定が難しそう……と敬遠しておりました。今作から担当さんが替わり、新担当さんにオメガバース書いてみませんかとお勧めされて、よし、新規開拓してみようと一念発起。ようやくオメガバースのシステムを理解し、「あ、これ好きなやつだ！」と気づいた次第です。

素敵なイラストを描いてくださった渋江ヨフネ先生、どうもありがとうございます。原稿が遅れに遅れ、ご迷惑をおかけして大変申し訳ありません。とびきりゴージャスなレスターと、清楚なのに色気だだ漏れの千歳、眼福です！

そして新担当さま、新たな世界に踏み出すきっかけを作ってくださってありがとうございます。初っぱなから多大なご迷惑をおかけして本当に申し訳ありません。

最後になりましたが、読んでくださった皆さま、どうもありがとうございます。

よかったらご感想などお聞かせください。

またお目にかかれることを願いつつ、失礼いたします。

御曹司アルファは契約婚をお望みです

神香うらら

角川ルビー文庫　23844

2023年11月1日　初版発行

発行者——山下直久
発　行——株式会社KADOKAWA
〒102-8177　東京都千代田区富士見2-13-3
電話 0570-002-301（ナビダイヤル）
印刷所——株式会社暁印刷
製本所——本間製本株式会社
装幀者——鈴木洋介

ISBN978-4-04-114193-9　C0193　定価はカバーに表示してあります。